Renate Sültz & Uwe H. Sültz

AF284353

SÜLTZ' SPARBUCH Nr.1

Tatort NRW

Werne, Bergkamen/Rünthe und Lünen

Sonderdezernat WBL 2020

&

SONDERDEZERNAT HÖRNUM 1

BoD- Books on Demand

Norderstedt 2018

Bibliografische Information durch die Deutsche Nationalbibliothek

Die Deutsche Nationalbibliothek verzeichnet diese Publikation in der Deutschen Nationalbibliografie; detaillierte bibliografische Daten sind im Internet über http://dnb.dnb.de abrufbar.

© 2018 Renate Sültz & Uwe H. Sültz

Herstellung und Verlag:

BoD – Books on Demand, Norderstedt

ISBN 9-78375-2-87693-2

Tatort NRW - Werne, Bergkamen/Rünthe und Lünen

Sonderdezernat WBL 2020

ISBN 9-78375-2-81300-5

Inhalt:

05 – Unaufgeklärt? Gibt es bei mir nicht!

09 – Die Tote im Hafen

13 – Die Mausefalle

16 – Balkon zum Jenseits

19 – Die zweite Chance

23 - Denn sie wussten nicht, was sie taten

26 – Das Medium

29 – Der letzte Tee

32 – Ein Schickimicki-Mord

35 – Die Uhr tickt

37 – Ordnung muss sein

40 – Drei Freundinnen auf Ganovenjagd in Lünen

54 – Ein Toter wird reden

61 – Sylt – Mord unter Deck

65 – Mord in London

71 – Geräusche – Achtung Aufnahme!

75 – SONDERDEZERNAT HÖRNUM 1

<u>Unaufgeklärt? Gibt es bei mir nicht...</u>

„Mein Name ist Frank Riller, mein Dienstgrad ist Kriminalkommissar. Ich bin verheiratet und habe zwei Kinder. Im Reihenhaus in Werne wohnen wir bereits 8 Jahre. Es ist nicht weit zum Schwimmbad, so kann ich vor Dienstbeginn noch ein paar Bahnen schwimmen. Man wird ja nicht jünger. Nun ja, soviel zu meiner Person. Und machen sie sich bitte nicht auch noch Lustig über meinen Namen, denn alle in der Dienststelle sagen hier „nur der Riller fasst immer den Killer!". Vor vielen Jahren gründeten wir das Sonderdezernat WBL 2020. Kolleginnen und Kollegen aus Lünen, Bergkamen/Rünthe und Werne schlossen sich zusammen, um eine Reihe ungeklärter Fälle zu klären. Zeitlich sollte alles bis 2020 erledigt sein, aber wer weiß das schon. Warum ich mich hier melde? Na, dann lesen sie mal diesen Fall!"

„Guten Morgen, Herr Kollege!", rief Holger Dreier, Kriminalkommissar. „Guten Morgen, Holger.", erwiderte Frank. „Und? Fasst Riller heute den Killer?" „Nein, heute gibt es keinen, Werne ist sauber. Erinnerst du dich noch an den Schabrowsky, Ulf Schabrowsky?" „Ja klar, dein Nachbar, seine Frau wurde doch erschossen." „ Ja, stimmt. Jetzt ist er vollständig gelähmt. Armer Kerl. Heute Abend wollen wir seine Wohnung ausräumen. Er ist völlig blank." „Na dann, viel Spaß, Frank."

Was ist damals passiert? In den Akten steht: „Ich, Kriminalkommissar Frank Riller, und Kriminalkommissar Holger Dreier wurden zum Tatort in der Gneisenaustr.6 in Werne gerufen. Beim Eintreffen fanden wir eine geöffnete Haustür vor. Im Flur lag ein etwa 35 jähriger Mann mit einer Schussverletzung am Kopf. Er war leblos. Auf der Treppe zur nächsten Etage lag eine blutüberströmte Frau. Es handelte sich um die

Hausbesitzerin Helena Schabrowsky. In der ersten Etage saß ihr Ehemann Ulf Schabrowsky auf einem Stuhl. Er stand unter Schock. In der Hand hatte er eine nicht registrierte Handwaffe. Die weiteren Ermittlungen ergaben, dass nach Aussage von Ulf Schabrowsky, Ulf Schabrowsky durch ein lautes Geräusch wach wurde. Seine Frau schlief im zweiten Schlafzimmer. Ulf Schabrowsky ist schwerbehindert und kann nur noch wenige Schritte gehen. Dies überprüften wir durch die vorgelegten Atteste. Ulf Schabrowsky nahm seine 9mm-Waffe, die nicht angemeldet war, ein Verfahren wurde eingeleitet, und schleppte sich in den Flur. Er sah eine Gestalt die Treppe heraufkommen. Ulf Schabrowsky rief nach seiner Frau und danach: „Stehen bleiben oder ich schieße!" Ulf Schabrowsky meinte ein Geräusch aus dem zweiten Schlafzimmer gehört zu haben, somit vermutete er seine Frau dort. Gleichzeitig schoss er. Sekunden später ertönte ein zweiter Schuss. Es musste sich also ein zweiter Täter in der Wohnung befunden haben. Die Suche nach dem zweiten Täter blieb erfolglos. Ulf Schabrowsky wurde nicht bestraft, er handelte, laut Richter, in Notwehr. Ein weiteres Verfahren wegen unerlaubtem Waffenbesitz steht noch an. Fall geschlossen. Frank Riller"

Nun, das liegt mittlerweile 8 Jahre zurück. Frank Riller zog gerade frisch verheiratet in das Nachbarreihenhaus von Eheleute Schabrowsky ein. Seine Frau, Beate Riller, konnte keine Angaben über die Schüsse geben. Sie und ihre Freundinnen trafen sich zum regelmäßigen Kegelabend.

Auf jeden Fall wurde nun die Wohnung von Ulf Schabrowsky geräumt. Um 17 Uhr war der Dienst der beiden Kriminalkommissare beendet. Frank traf sich mit 5 Helfern aus der Nachbarschaft im Haus von Schabrowsky. Einige Möbel fehlten, eben das, was sich in einem Heim unterbringen lässt.

Persönliche Dinge wurden auch schon geräumt, so dass die sechs Männer alles auf die Straße stellen konnten. Gegen 6 Uhr morgens würde dann der Sperrmüll alles entsorgen.

Frank war gerade mit dem ehemaligen Ehebett fertig. Es wurde in Einzelteile zerlegt und auf die Straße getragen. Ein Helfer hob die Kleiderschranktüren aus den Angeln, als beide einen metallischen Gegenstand hinter dem Schrank fallen hörten. „Was war denn das? Hat Ulf etwa hinter dem Schrank eine Leiche versteckt?", flachste Helfer Gerd. „Es hörte sich schon eigenartig an. Da fiel etwas Schweres.", sagte Frank. Die Beiden zerlegten nun vorsichtig den Schrank. Brett für Brett. Nun die Hinterwand. Rums! Ihnen fiel ein Gewehr förmlich vor die Füße. Weitere Gegenstände lagen verstaubt auf dem Boden hinter dem Schrank. Frank rief sofort seinen Kollegen Holger an: „Holger, ich bin es. Hast du Zeit?" „Ja, klar!" „Dann bringe bitte einen Kollegen mit. Ich habe in Schabrowskys Wohnung eine weitere Waffe gefunden."

Holger Dreier und Dirk Ahrens, der sich gerade im Dienst befand, fuhren zu Schabrowskys Haus. Die drei Beamten stellten alle Teile sicher. Da der Tatort bereits so gut wie leer geräumt war, konnten die anderen Helfer ihre Arbeit fortsetzen. Die Beamten fuhren zur Dienststelle. Alle gefundenen Gegenstände wurden auf einem Tisch ausgebreitet.

Es lagen nun auf dem Tisch: 1 Gewehr, Kaliber 8, diverse Kabel, 1 Infrarot-Kamera mit Halterung für das Gewehr, 1 selbstgebauter elektromechanischer Abzug, 1 Antenne, 1 Sendemodul, 1 Empfangsmodul für den Fernseher und ein altes Handy.

„Das glaube ich jetzt nicht. Dieser Fuchs.", sagte Frank Riller. Auf das Gewehr steckten sie die Kamera, der originale Abzug wurde durch einen selbstgebauten elektrischen ersetzt, er löst per Funk aus. Der Sender überträgt das Signal der Kamera zu einem Fernseher. Ist die Person im Ziel, so löst man per Funk den Abzug aus. „Also hat Schabrowsky nicht nur seine Frau erschossen, sondern auch den Einbrecher. Vielleicht war es gar kein Einbrecher. Aber da waren ja Einbruchsspuren. Die könnte Schabrowsky auch selbst gemacht haben. Nein, es war so: Der Einbrecher öffnete die Tür, Schabrowsky sah ihn auf seinem Fernseher. Als er im richtigen Augenblick in Kimme und Korn stand, drückte Schabrowsky auf den Auslöser. Der Schuss traf den Einbrecher im Kopf. Danach nahm er die Pistole und erschoss seine Frau.", schlussfolgerte Frank Riller. „Tja, so wird es gewesen sein. Und warum? Ich werte mal die Daten auf dem Handy aus.", sagte Holger Dreier.

Nach einigen Stunden stand der Grund der Tat fest. Auf dem Handyspeicher war zu lesen: „Kannst jetzt kommen, mein Alter schläft, ich gab ihm eine Schlaftablette. Bin geil auf Dich. Tür ist offen."

Die Ermittlungen begannen aufs Neue, Mord verjährt nie. Riller fasst eben immer den Killer!

Die Tote im Hafen

Jeden Morgen geht Horst Klinke mit seinem Golden-Retriever Gassi. Sein Weg hängt vom Wetter ab. An einem Sonnentag nimmt er den Gang am Beversee in Rünthe, bei Regenwetter geht es zum Sportboothafen Marina Rünthe.

An diesem Tag im Oktober regnete es. Randy, der Golden-Retriver, wurde ungeduldig, zog an der Leine, wollte wohl auf etwas aufmerksam machen. Es war so etwa am Ende des Hafens. Auch wenn sich Horst Klinke noch so umschaute, er fand nichts in den Büschen oder auf den Booten. Bis auf... er sah im Kanal, in weiter Entfernung, einen Schuh schwimmen. Der könnte wohl von Deck gefallen sein. Oder auch nicht, denn etwas weiter sah er ein Kleidungsstück. „Morgen Horst, nach was hälst du denn Ausschau?", fragte Herbert Neumann, Motorboot-Besitzer. „Guten Morgen Herbert. So früh schon hier? Ich sehe dort etwas im Kanal.", antwortete Horst. Beide gingen den Steg entlang zu Herbert Neumanns Anlegeplatz. „Ach herrje! Da vorn... siehst du es? Eine Leiche.", sagte Herbert. „Ich rufe sofort die Polizei.", so Horst Klinke.

Es dauerte nicht lange, da standen zwei Beamte vor den Männern. „Guten Morgen die Herren. Mein Name ist Frank Riller, Kriminalkommissar, und das ist mein Kollege Holger Dreier, ebenfalls Kriminalkommissar. Eigentlich ist das Sache der Dienststelle Bergkamen, aber wir waren ganz in der Nähe. Was liegt an?", fragte Frank Riller. Holger Dreier rief: „Ich sehe das Problem schon. Gehört einem von ihnen hier ein Boot?" „Mir", antwortete Herbert Neumann. „Dann lassen sie mal ihr Beiboot ab.", so Kriminalkommissar Dreier. Riller und Dreier stiegen in das Schlauchboot und steuerten die Leiche an. Sie zogen sie auf den Steg. „Mein Gott, so eine junge Frau. Ich rufe die Sanitäter und einen Leichenwagen.", ordnete Frank Riller an. Danach befragten die Beamten noch Herbert Neumann und Horst Klinke. „Was nun?", fragte Holger Dreier. „Ich denke, wir werden den Hafen absperren und uns mit weiteren Kollegen jedes Boot vornehmen müssen.", so Frank Riller. Gesagt, getan. Schnell wurde der Hafen abgesperrt und 12 Beamte durchsuchten alle Boote. Es dauerte nur etwa eine Stunde, da war ein Boot mit Blutspuren gefunden. Außerdem lag der zweite Schuh an Deck. „Na, den Fall werden wir schnell klären.", meinte Frank Riller. „Denke ich auch, denn Riller schnappt immer den Killer.", flachste Holger.

Der Obduktionsbericht ergab, dass die junge Frau mit einem Messerstich getötet wurde. Es handelte sich um Carola M., 16 Jahre. Das Boot gehört Ernst Zschupp. Er ist Besitzer von zwei Waffengeschäften. Die Beamten machten sich auf den Weg, um Ernst Zschupp zu befragen. Kriminalkommissar Frank Riller schellte an Zschupps Haustür. Ein völlig verstörter Mann öffnete die Tür und sagte: „Woher wissen sie davon?" Riller stutzte und sprach: „Wovon sprechen sie? Sind sie Herr Zschupp, Herr Ernst Zschupp?" „Ja, der bin ich. Kommen sie herein meine Herren." Noch bevor die Kommissare ihr Anliegen vorbringen konnten, beginnt Ernst Zschupp zu reden: „Gestern kam ein Schreiben hier an, ich solle mich ruhig verhalten. Man hat meinen Sohn Peter gekidnappt. Keine Polizei, ansonsten ist er tot." „Zeigen sie uns bitte das Schreiben.", forderte Holger Dreier. „Sie fordern zwei Millionen Lösegeld und diverse Waffen.", las Dreier vor.

Die Suche nach Fingerabdrücken blieb erfolglos, ebenfalls die Suche nach einem Absenderort. „Nun, dann wird es wohl einen Boten geben.", überlegte Holger Dreier. „Genau, Herr Gerber, veranlassen sie eine Hausüberwachung, und das rund um die Uhr.", ordnete Frank Riller an.

Zwei Tage später gab es erste Resultate. Ein neuer Brief traf ein. Ein Beamter folgte dem Überbringer. Lediglich das Nummernschild konnte er sich merken, denn die AMG-Luxuskarosse war für den Beamten viel zu schnell. Wie zu erwarten war das Nummernschild gestohlen. Der Brief wurde geöffnet: „Wir fordern zwei Millionen Euro und die Waffen, die auf der Rückseite aufgeführt sind. Der Treffpunkt ist in genau 48 Stunden auf dem ersten Parkplatz der A1 hinter dem Kamener-Kreuz in Richtung Münster. Parken sie vor der Behindertentoilette rechts neben dem weißen Transporter. Tauschen sie dann mit dem Fahrer die Autoschlüssel und befreien sie ihren Sohn. Ihr Sohn ist für uns kein loyaler Geschäftspartner gewesen. Er hat auch sie jahrelang hintergangen. Als illegaler Waffenhändler war er in Ordnung, aber hätte niemals eine Affäre mit der Tochter unseres Geschäftspartners Wladimir M. anfangen dürfen. Vor allem hätte ihr Sohn Carola M. nicht umbringen dürfen. Alles Weitere wird ihnen die Polizei erklären können."

„Das sind ja Mafiamethoden!", rief Frank Riller in die Runde. „Wir müssen uns vorbereiten.", sagte Holger Dreier.

Der Übergabetag stand an. Zwei Millionen Euro und die Waffen lagen in Zschupps schwarzer C-Klasse. Langsam steuerte er auf den Treffpunkt zu. Der Transporter stand dort bereits. Zschupp stieg voller Angst aus, aus dem Transporter stieg ein Mann im Overall mit Kappe. Sie tauschten die Wagenschlüssel. Mit quietschenden Reifen fuhr der Mann im Overall auf die Autobahn in Richtung Münster. „Zugriff!", schrie Kriminalkommissar Riller ins Mikrofon. Ein Hubschrauber kam herangeschossen. Vier zivile

Streifenwagen umzingelten den Transporter. Der Transporter wurde mit gezogenen Pistolen geöffnet. Darin lagen Wladimir M. und Peter Zschupp, aber sie waren tot. Ernst Zschupp brach zusammen.

In der Zwischenzeit fuhr die schwarze C-Klasse auf Münster zu. Der Hubschrauber hatte sie im Visier. Außerdem machten sich die Lüner Kollegen auf den Weg. Plötzlich bremste der Wagen ab und fuhr an der B-58 rechts ab. Langsam fuhr der Wagen auf die Autobahnbrücke zu. Der Hubschrauber wartete ab, denn der Wagen war nun unter der Brücke. Dann beschleunigte die schwarze C-Klasse. Der Hubschrauber folgte. Nach vier Kilometern wurde die C-Klasse von den Kollegen aus Münster und Lünen gestoppt. Der Wagen wurde eingekreist, die Beamten zogen ihre Waffen. Ängstlich stieg ein Mann aus dem Wagen und legte sich sofort auf den Boden. Er war Kurierfahrer und wurde gemietet. Einen Brief sollte er in Münster übergeben. Da er sonst nur Fahrradkurier ist, wurde der Wagen gestellt. Der Wagen war natürlich gestohlen. Im Brief stand: „Mit uns legt man sich besser nicht an!"

Zschupps C-Klasse stand unter der Brücke. Von dem Fahrer, sowie der Beute, fehlte natürlich jede Spur. Die Bande wird heute noch per Interpol gesucht. Mafiametoden eben.

Die Mausefalle

Familie Kardau war eine reiche Familie auf Cappenberg. Niemand konnte ahnen, womit sie ihren Reichtum zusammentrugen. Die männlichen Familienmitglieder waren nicht gut in der Stadt angesehen. Sie waren stets unfreundlich und wollten immer Recht behalten. Frau Kardau und ihre Tochter waren wiederum beliebt. Sie versuchten die Boshaftigkeit der anderen Familienmitglieder zu überdecken. Irgendwann dachte Robert Kardau, Sohn von Paul, dass er nun an der Reihe wäre, das Geld und das Vermögen an sich zu bringen. Die Stimmung innerhalb der Familie war sehr gereizt.

Das viele Geld brachte zwar Reichtümer, Sportwagen, eine Segeljacht in Italien und was es sonst noch so gibt. Alles hätten sie genießen können, jedoch Vater Paul und Sohn Robert wurden immer egoistischer. Frau Kardau und ihre Tochter hatten sowieso nichts zu melden. Den Patriarchen des Hauses zu bedienen, war ein ungeschriebenes Gesetz. Jeden Abend träumte Robert von diesem Reichtum. Er war ein geborener Angeber. Doch seine Intelligenz war unübertroffen. Er wusste, dass sein Vater bei schlechter Gesundheit war.

Also plante er Paul umzubringen, damit er schneller an das Erbe kommen konnte. Da Robert auf Nummer sicher gehen wollte, entwickelte er einen ausgeklügelten Plan. Ein schnell wirkendes Gift musste her, das er sich über einen Hehler besorgen wollte. Robert präparierte zunächst die Schwimmflossen des Vaters. Mit seiner Fantasie malte sich Robert genau aus, was passieren würde. Sein Vater fuhr oft zum naheliegenden Sportboothafen Marina Rünthe und setzte sich immer zuerst auf den Bootsrand, um die Schwimmflossen und die Taucherbrille anzulegen. Dann ließ er sich rückwärts ins Wasser fallen. Alles passierte vor den Augen seiner Geliebten Gabi. Nur diesmal stieß die Nadel mit dem flüssigen Gift zu. Paul würde nicht mehr auftauchen. Man würde Gabi als Mörderin verdächtigen. Seine Fantasien gingen weiter. Einmal im Monat, traf sich Paul mit seinen Freunden zum Skat in Werne. Drei davon waren Zigarrenraucher. So freigiebig wie Paul war, hat er sich immer mit teuren Zigarren die Freundschaft der anderen erkaufen wollen. Robert präparierte die vierte Zigarre. Das Gift wirkt auf die Lunge und löst einen Hustenanfall aus. Er wusste auch, dass sein Vater gern den Sportwagen fährt. Etwa 500 Meter nach der Hofausfahrt telefonierte er immer mit Gabi. Robert manipulierte auch das Handschuhfach. Er präparierte es mit einer Giftspritze.

Es kam der Tag, an dem es einen kompletten Telefonzusammenbruch gab. Robert befand sich in seiner Lieblingsbar. Seine Schwester traf sich heimlich mit Johann.

Johann war der Sohn eines angesehenen Industriellen aus Österreich. Auch der Vater von Johann fiel auf die kriminellen Machenschaften von Paul Kardau herein. Er verlor Millionen. Johann und seine Angebetete schmiedeten Zukunftspläne und wollte sie aus dieser Familie herausholen. Nur Frau Kardau war mit ihrem Mann allein im Haus. Das Telefon funktionierte nicht. Paul befahl seiner Frau das Handy aus dem Wagen zu holen. Nach einer Stunde fand er sie leblos neben dem Wagen liegen. Durch die Beerdigung wurde das Skatspiel abgesagt. Natürlich auch das Tauchen. Die Tochter suchte Trost bei Johann. Nutzte aber auch die Gelegenheit zu fliehen. Diese Zeit nutzte Roberts Hehler aus, um in das Anwesen einzubrechen. Er war nicht nur Hehler, sondern auch Dieb. Wie üblich, zu den normalen Einbrecherutensilien, trug er eine Waffe bei sich. Es ist kein Geheimnis, aber die Verandatür ist nicht gut gesichert. Das Wohnhaus wurde nach einem Tresor durchsucht. Paul Kardau, hörte die Geräusche, ebenfalls der Sohn. Paul wollte den Einbrecher stellen und holte seine Waffe aus dem Schlafzimmer und wollte den Einbrecher stellen.

Beide schießen und Paul wurde tödlich getroffen. Der Einbrecher wurde am Bein verletzt. Er lag am Boden. Nun kam Robert ins Spiel und sah die Tragödie. Der Einbrecher, der ja auch Roberts Hehler war, sagte: „Na, da habe ich dir wohl einen Bärendienst erwiesen." „Hilf mir auf, gib mir 100.000 und die Sache bleibt unter uns." Robert ging zum Tresor, öffnete ihn, ergriff das Geld und fiel kurz danach leblos zu Boden. An seinen Fingern verklemmte sich eine Mausefalle mit einer Giftinjektion, die Paul Kordau aufgestellt hatte. Roberts Schwester übrigens, machte Johann sehr glücklich. Das Vermögen der Kordaus wurde für wohltätige Zwecke gestiftet.

Die Lüner Beamten Ilona Eickwinkel, Kriminalkommissarin, und Uwe Lukas, Kriminalkommissar, untersuchten den Fall. Auch Kollegen aus Münster wurden mit eingebunden. Robert Kardau stand schon lange auf der Beobachtungsliste der Polizeibeamten.

Balkon zum Jenseits

Aus der Polizeiakte: „ ... Weiterhin konnte eine Manipulation nicht festgestellt werden. Der Fall ‚Tote auf dem Balkon', Aktenzeichen SD3-0G55SK7, wird hiermit geschlossen. Kriminalkommissar Uwe Lukas, 06.04.2018, Lünen."

Ja, dann ist es ja gut, das ist dann wohl die kürzeste Kurzgeschichte, die es je gab. Nun, im Ernst, da steckt viel mehr dahinter. Ich bin Journalistin und recherchiere über Internetmobbing, mein Name ist Beate Dresens vom Kurier. Über diesen Fall wurde viel berichtet, viel recherchiert, nicht nur durch die Kripo, sondern auch vom Bauamt Lünen. Aber irgendwie lagen alle etwas daneben. Damit will ich mich nicht größer machen, aber ich entdeckte da etwas. Alles begann wohl, so meine Recherche, im Juni 2017. Frank Alwendi, ein erfolgreicher junger Manager einer Produktionsfirma in Dortmund, ersteigerte im Internet eine Eigentumswohnung in Lünen. Man muss sich vorstellen, für 17.000 Euro. Also, ich bitte Sie, liebe Leser, dafür gibt es gerade mal einen Kleinwagen, ohne Bett und Küche. Und fließendes Wasser nur im Motorkühler. Auf jeden Fall war der Haken daran, dass mindestens 125.000 Euro in die Renovierung fließen mussten. Eine neue Tapete und Gips reichte da nicht. Alwendi begann damit, zunächst Fußboden und die elektrischen Leitungen zu erneuern. Die Fenster standen im Zuge mit dem maroden Balkon als nächstes auf dem Plan. Zwischen Balkon und Mauerwerk sah man einen zwei Zentimeter großen und etwa 120 Zentimeter langen Riss. Wasser drang ein, im Winter sprengte das Eis alles weiter auseinander. Der rechte Stahlträger war marode und rostete. In der Firma lief es, wie gesagt, für Frank sehr gut. Bis auf den Tag, an dem die zielstrebige Ilona Meiering vorstellig wurde und ihre Idee verkaufen wollte. „Es tut mir leid, Frau Meiering, aber wir können mit unseren Kunststoffen Ihre Idee nicht realisieren, sorry!", sagte Frank Alwendi. „Na dann vielleicht auf einen Kaffee?", entgegnete Ilona Meiering. Reserviert und doch sehr höflich lehnte der Manager ab.

Heute wurden im Wohnzimmer neue Steckdosen verlegt. Frank hatte es eilig, den Zettel an der Windschutzscheibe steckte er beiläufig ein. Herrlich verchromte Teile ließ er sich einbauen, für mich als Frau war das Wunderbare daran, trotz Verchromung, dass man keine Fingerabdrücke sah. Also einen Polizeibericht dürfte ich nicht schreiben, der wäre vier Mal so lang, wie der von Kommissar Lukas. Ach ja, der eingesteckte Zettel: „Einen Sekt bei mir heute? Ich wohne unter Ihnen! Liebe Grüße Ilona." Frank ignorierte den Zettel, schließlich würde gleich seine Verlobte Angelika nach Hause kommen. Die Tage vergingen mit fleißiger Arbeit und Stuck-Arbeiten im Wohnzimmer. Von nun an klemmte jeden Tag ein Zettelchen unter dem Scheibenwischer. Ab jetzt kamen auch Anfragen in sozialen Netzwerken. Ab jetzt wurde Ilona sehr aufdringlich. In der Firma lief es weiterhin gut. Frank Alwendi sollte die Werksprodukte in China vorstellen, auch die Staaten waren sehr interessiert. Der Manager war durch seine Kompetenz, sein Benehmen und Aussehen bestens geeignet dafür. Ach ja, Angelika war die Tochter vom Chef, das musste ich noch erwähnen. Sie war ganz hin und weg von Frank. Aber ich finde auch, dass Frank gut aussieht. Genau mein Typ. Ich dürfte wirklich keinen Polizeibericht schreiben. Ein lange vergessenes Urlaubsbild sorgte dann für schlechte Laune. Ein Strandbild mit Svenja, das vor etwa drei Jahren aufgenommen wurde. Angelika und Frank waren nun seit zwei Jahren ein Paar. Svenja war eine Urlaubsduselei. Nur, auf dem Foto, war jetzt Ilona zu sehen, lediglich der Kopf, man wusste ja, was mit der Bildbearbeitung so alles möglich war. Zunächst war das Bild in den Netzwerken. Frank schaute nur gelegentlich hinein, aber die fast 2.600 User sahen und teilten es. Die Wohnung wurde für den Einbau eines Kamins vorbereitet. Frank sicherte die Balkontür mit einem Kindergitter ab. Jetzt konnte die Tür offenstehen, ohne dass der kleine Paul, Angelikas Sohn, auf dem maroden Balkon in Gefahr kam. Frank sah, dass der Eisenträger fast durchgerostet war, jetzt wurde es höchste Zeit für Erneuerung. Das manipulierte Urlaubsbild hing am anderen Tag an allen Bäumen in der Straße, klemmte an Autos, ja, es drang bis in die Firma vor, auch zu Angelika. Frank öffnete seine Seite im sozialen Netzwerk und sah die Bescherung. Das Konto war gehackt. Ilona führte praktisch einen Liebesdialog mit sich selbst in Franks Account. Löschen nutzte nichts mehr, der Schaden war zu groß. Angelika trennte sich von Frank, die Firma kündigte fristlos mit dem Grund: „Herr Frank Alwendi ist für die Firma Deg... und Co KG untragbar geworden." Es begannen Depressionen bei Frank Alwendi, sozialer Abstieg und Geldnot, aber das Stalking ging weiter. Frank versäumte es einfach, die Kripo einzuschalten. Der ehemalige Top-Manager war am Ende. Die ersten sonnigen Tage im April 2018. Ilona sonnte sich auf ihrem Balkon, es war Sonntag. Sie schlief ein, bemerkte den feinen Staub nicht, der von oben wehte, vom oberen Balkon. Dort nahm Frank eine Eisenstange der Monteure und drückte den maroden Balkon langsam und mit aller Kraft aus der Verankerung. Wie oben im Polizeibericht zu lesen war, konnte Kommissar Lukas nur einen traurigen Zufall erkennen und keine weiteren Spuren finden. Eine junge Frau war im falschen Augenblick am falschen Ort. Ich übergab meine Recherche Kommissar Lukas. Er wird den Fall noch einmal öffnen.

Die zweite Chance

Was bisher geschah: Die beiden Kriminalkommissare Frank Riller und Holger Dreier ermittelten im Fall der ermordeten Carola M., dessen Leiche im Hafenbecken von Marina Rünthe gefunden wurde. Sie war noch nicht volljährig und hatte ein Verhältnis mit dem verheiratetem Waffenhändler Peter Zschupp, der sie umbrachte. Peter Zschupp wurde entführt. Gegen ein Lösegeld und Waffen sollte der Vater von Peter Zschupp, Ernst Zschupp, seinen Sohn zurück erhalten. Die Übergabe fand statt, jedoch wurden Peter Zschupp, sowie der Vater der ermordeten Carola M., Wladimir M., ebenfalls ermordet. Bei der Übergabe und der anschließenden Verfolgungsfahrt konnten die Mörder nicht gestellt werden. Für die Übergabe wurde der private Wagen von Ernst Zschupp benutzt. Von den Waffen, sowie dem Lösegeld, fehlte jede Spur.

...

„Herr Kollege Riller, diese Nachricht soll an sie weitergeleitet werden.", ertönte es aus dem Telefon. „Herrn Ernst Tschupp ist folgendes aufgefallen. Sein Autoradio spielte auf der ersten Speichertaste immer Klassik. Nun ist eine Frequenz auf UKW von 107 MHz gespeichert, die Herr Tschupp nicht einprogrammiert hat. Er fragt, ob dies wichtig sei.", so der Beamte weiter. „Das könnte von Bedeutung sein, aber ich weiß es nicht. Auf jeden Fall merke ich mir diese Aussage.", antwortete Frank Riller.

Wochen später erreichte die Werner Dienststelle eine Anfrage aus München. „Hier ist Kriminalkommissar Kiermayr aus München. Unser Computer spuckte die Info aus, dass eine Waffe aus dem Raum Werne bei uns als Tatwerkzeug benutzt wurde. Ich faxe mal die genauen Daten. Vielleicht können wir uns zügig kurzschließen." „Ich leite Ihre Anfrage weiter, Herr Kollege.", so der Beamte in der Dienststelle Werne.

Die Beamten Frank und Holger beschlossen, direkt nach München zu fahren und Kontakt mit dem Kollegen Kiermayr aufzunehmen. In der Münchner Dienststelle besprachen sie gemeinsam den Fall. „In der Beethoven-Straße wurde ein Juwelier überfallen. Er löste den Alarm aus. Bereits zum vierten Mal wurde er von diesen Männern überfallen. Sie stahlen Bargeld, Goldvorräte und Diamanten. Wir waren mit fünf Einsatzwagen schnell vor Ort. Es kam zum Schusswechsel. Ein Täter wurde vor Ort erschossen. Der andere wollte mit dem Juwelier als Geisel flüchten. Wir schossen auf die Reifen. Der Täter wollte zu Fuß flüchten. Wir stellten ihn. Dem Juwelier fiel auf, dass aus dem Autoradio der Befehl kam, dass der Täter in das Parkhaus fahren sollte.", sagte Franz Kiermayr. Frank Riller fragte sofort: „Wo steht das Tatfahrzeug? Ich möchte es sehen."

Kurze Zeit später konnte Frank Riller den Wagen untersuchen. „Wir haben uns alles gründlich vorgenommen.", sagte Franz Kiermayr. „Das glaube ich, aber ich möchte nur das Radio einschalten.", so Riller. Und weiter: „107 MHz, dachte ich es mir doch, wie im Mercedes von Herrn Zschupp." „Ist das von Bedeutung?", fragte Kiermayr. „Ja, ich habe mich schlau gemacht. UKW-Transmitter haben eine Reichweite von etwa zwei Metern. Sie sollen ja nur MP3-Musik auf einem Musik-Stick auf dem eigenen Autoradio übertragen. Illegale Transmitter arbeiten bis zu 300 Metern Entfernung. Lasst uns zum Tatort fahren.", schlug Frank Riller vor.

Am Tatort vor dem Juweliergeschäft angekommen, schaute sich Kriminalkommissar Frank Riller um. „Nur vor dem Geschäft gibt es Parkplätze. Davor und dahinter sowie auf der anderen Straßenseite darf nur gehalten werden. Wer vier Mal den Laden ausräumt, der kennt die Gewohnheiten des Juweliers. Ich schlage Wohnungsdurchsuchungen auf der gegenüberliegenden Seite vor."

Am nächsten Tag lag der Gerichtsbeschluss des Richters vor. Beamte der Dienststelle München gingen von Tür zu Tür. Es wurde befragt, durchsucht und nach Spuren gesucht. Drei Wohnungen standen leer. So schien es, denn der Hauseigentümer sprach von zwei Wohnungen. In der dritten Wohnung hingen dunkle, verrauchte Gardienen. Es öffnete niemand. Die Beamten verschafften sich Zutritt. Nun wurde die kleine Wohnung von der Spurensicherung zerlegt.

In der Zwischenzeit wollten die Beamten den gestellten Täter befragen. Bisher hatte er die Aussage verweigert. Er wurde von einem Star-Anwalt vertreten. Kriminalkommissar Riller fragte: „Ihr Name? Woher kommen Sie? Handeln Sie im Auftrag?" Keine Antwort. „Nun gut, wenn Sie es sich anders überlegen sollten, wir kommen wieder."

Nach drei Tagen kamen die Werner-Beamten wieder in die Münchner Dienststelle. In der Zwischenzeit waren sie im Museum und wurden von Franz Kiermayr privat eingeladen. „Es sind vor fünf Minuten Neuigkeiten eingegangen. Es gab diverse Fingerabdrücke. Einer ist ganz brisant. Er wird Ivan L. zugeordnet. Wir haben schon lange ein Auge auf ihn geworfen. Ihm wird Erpressung und Anstiftung zum Mord nachgesagt. Auch mit der Mafia soll er zu tun haben. Nur können wir ihm nichts nachweisen.", sagte Franz Kiermayr. „Das ist doch was!", rief Frank Riller. „Na klar, wie in

Werne, Mafiametoden.", sagte Holger Dreier. Sie besuchten nochmals den inhaftierten Täter. Frank Riller wollte hoch pokern: „So mein Freund, nun wissen wir alles. Ihr Auftraggeber Ivan L. beschuldigt Sie ganz allein zu verschiedenen Morden, auch in Werne. Das war es dann wohl. Sie werden angeklagt, es gibt kein Entgegenkommen vom Gericht." „Ist da was möglich, wenn ich rede?", sprach der Verhaftete in gebrochenem Deutsch. „Möglich. Wenn es relevant ist.", sagte Riller eher abweisend. „Nein, ich habe niemanden ermordet. Ich war nur Fahrer, auch in Werne... auch woanders noch. Ivan L. ist Boss in München, er zieht die Fäden. Er plant alles. Nach Werne hat er seinen Sohn geschickt. Der flog auf die Tochter von Wladimir... diese Schlampe Carola. Als Carola getötet wurde, rastete er aus und erschoss diesen Waffenhändler Tschupp. Dann kam es zum Streit zwischen Wladimir und ihm, er erschoss ihn auch. Ich will wieder Freiheit, ich will zurück in mein Land. Ich habe niemanden ermordet. Bitte helfen Sie mir.", flehte der Verhaftete. „Und warum wurde Carola ermordet?", wollte Frank Riller noch wissen. „Sie wollte Zschupp zur Scheidung zwingen.", flüsterte Emil H..

„Tja", sagte Holger Dreier, „der Riller schnappt sich immer den Killer.

Denn sie wussten nicht, was sie taten

Es war in den fünfziger Jahren. Es ist die Zeit des Wirtschaftswunders. Aber auch eine Zeit, in der viele das haben wollten, was in den Schaufenstern angeboten wurde. Auch wurden wieder Autos gebaut. Viele liefen noch nicht auf den Straßen, aber sie waren für die meisten Arbeiterfamilien unerschwinglich. Es war ein großes Angebot an Gütern vorhanden. In dieser Zeit aber nicht für jedermann erschwinglich. Lange, bevor die Kriminalkommissare Frank Riller und Holger Dreier geboren wurden, ist dieser Fall immer noch abrufbar in Werne und Bergkamen.

Holger Biermann, Freddy Lindenwald, Günther Faber und Roland Esser, saßen an einem Samstagabend fast resigniert am Stammtisch, an dem sie sich jedes Wochenende trafen. Die jungen Männer arbeiteten unter Tage. Jeden Tag der Dreck und die stickige Luft im Stollen zermürbte sie. Sie wollten reich sein. Träumten davon irgendwo am Strand zu liegen und das Leben zu genießen. Sie diskutierten den ganzen Abend immer über das gleiche Thema. Außerdem sagte Holger: „Was ist denn schon los hier in Werne oder erst Recht in Rünthe?"... „Schaut euch doch mal um hier, ihr werdet nichts finden was euer Herz erfreut. Weit und breit nur Baustellen."... „Ja, du hast Recht, Holger.", sagte Freddy Lindenwald. „Nur, leider sind wir an diese Stadt gebunden." Der älteste in der Runde war Günther Faber. Faber meinte: „Hört auf zu nörgeln, Jungs. Entweder wir unternehmen jetzt etwas oder wir finden uns damit ab unter Tage zu arbeiten und in dieser Stadt zu versauern." „Hast du einen Vorschlag, was wir tun könnten?" Roland Esser meldete sich nun auch zu Wort: „Ihr habt ja Recht. Auf der einen Seite ist hier nichts los und im Stollen hab' ich auch keine Lust zu versauern. Aber nicht nur hier in Werne wird es so aussehen. Und auch ich hätte große Lust mehr Geld zu haben und hier abzuhauen."

Die vier Männer kamen auf eine dumme Idee. Holger machte den Vorschlag einen Güterzug in der Nähe von Bergkamen zu überfallen. „Holger, du hast doch wohl den Realitätssinn völlig verloren.", meinte Freddy Lindenwald. „Aber warum denn, wenn wir genau überlegen was zu tun ist, kann doch nichts schief gehen.", sagte Günther.

Alle Männer kamen zu der Übereinkunft, genau heraus zu bekommen, wann der Zug in den Bahnhof einfährt, rangiert und abgekoppelt wird. Und wann die Ware entladen wird. Außerdem ist in diesem Zug, so hatte sich Holger schon schlau gemacht, eine größere Menge Bargeld zu finden. Der Zug beinhaltet teure Seidenstoffe, die aus der Türkei kommen, außerdem mindestens 250.000 DM an Bargeld. Der Güterzug wird akribisch genau überwacht. „Es wird nicht einfach sein, das Ding durchzuziehen, aber es wird sich für uns alle lohnen, wenn wir zusammenhalten und uns genau an den Plan halten.", sagte Holger Biermann. Am nächsten Morgen waren die Männer wieder mit ihrer Arbeit im Stollen beschäftigt und die Gedanken an einen Überfall waren erst einmal zurückgestellt. Abends am Stammtisch wurde dann wieder diskutiert und beratschlagt über den Überfall. Alle wollten diese Aufgabe erledigen, denn der Traum vom Reichtum sollte Wirklichkeit werden. Freddy, Holger und Günther kundschafteten am anderen Tag alles aus. Sie wussten nun genau, wann der Zug einfährt. Wann er abgekoppelt und entladen wird. Auch bekamen sie heraus, wo sich der Tresor mit dem Geld im Zug befand. Wie viele Wachposten im Zug und sich draußen aufhielten, während der Wagon entladen wird. Sie tranken einige Biere und besiegelten damit ihren Plan. Für den Überfall, planten sie den Freitagnachmittag. Alles musste sehr schnell gehen, sie durften keine Zeit verlieren.

17 Uhr, Freitag der 11, März 1950 in Bergkamen. Alle Männer waren auf ihren Posten. Als Zugführer war Harry verkleidet. Günther als Gleisbauer und die anderen beiden lungerten als Fahrgäste auf dem Bahnhof herum. Der besagte Zug fuhr langsam ein. Die Spannung stieg bei den Männern. Aufregung pur. Der Adrenalinspiegel stieg gewaltig. Jetzt ging alles rasend schnell. Die Wachtposten wurden außer Gefecht gesetzt. Im Wagon handelten die Männer sehr schnell. Alles war gut durchdacht. Sie fanden relativ schnell den Tresor und überwältigten den Zugführer. Alles klappte ausgesprochen gut. Der Tresor war tragbar, sodass sie schnell weg konnten.

Schnell sprangen sie in den dafür vorgesehenen Kombi und fuhren sofort Richtung Süden. Niemand erkannte sie, keiner hielt sie auf. Sie fuhren ihrem Traum vom Reichtum entgegen ohne ein schlechtes Gewissen zu haben. Man sah sie nie mehr in Werne.

Kommissar Hans Schemberg ermittelte damals. Leider ist dies sein einziger ungelöster Fall.

Das Medium

Mit täglich fünf Kunden rechnete Josefine Krodell. Ihr Arbeitsraum im eigenen Haus in Bergkamen war dunkel eingerichtet. Überall waren Kerzen und Symbole aufgestellt. Auf dem runden Holztisch stand eine Glaskugel. Rechts daneben lagen Karten. Josefine war Medium. Ihre Kunden konnten Fragen stellen, Josefine stellte einen Kontakt zur geistigen Welt her und Antworten standen sofort an. Es ging so schnell, dass Josefine erst gar nicht auf die Idee kommen konnte, irgendetwas zu manipulieren. Kunden stellten auch oft nur Testfragen, aber bei richtiger Interpretation hatte Josefine eine Trefferquote von 98 Prozent. Josefine Krodell war verheiratet und Mutter eines Sohnes. Bereits in ihrer Jugend sah sie außergewöhnliche Bilder vor ihrem geistigen Auge. Ungewöhnlich war auch, dass metallische Teile von ihrem Oberkörper regelrecht angezogen wurden und kleben blieben. Heute gab sie ihre Wahrnehmungen gern, gegen einen wirklich kleinen Beitrag, an ihre Kunden weiter. Irgendwie muss sie den richtigen Weg gefunden haben, denn ihre Kundenzahl wuchs und wuchs. Ihr Mann Norbert und ihr Sohn Max haben eine ganz besondere Leidenschaft, die Josefine nur bedingt teilte. Zum einen war es eine riesige Autorennbahn auf dem ausgebauten Dachboden; Favorit von Max war dabei der Ferrari von Sebastian Vettel. Außerdem sammelten beide „Männer" im Haus noch Compact-Cassetten. Max war ganz besonders angetan von Abenteuer-Kassetten, der Vater sammelte die ersten Bänder der Welt. Heute kam per Post wieder ein Päckchen mit zwei Kassetten. Max war noch in der Schule und Norbert in der Firma. Josefine nahm das Päckchen entgegen und packte es aus, um die beiden Bänder auf den Mittagstisch zu legen. Die Kassetten stammen von einem Händler nahe Nürnberg. Das Mittagessen brauchte noch etwa vierzig Minuten. Josefine setzte sich auf den Küchenstuhl, nahm eine Kassette in die Hand und schloss die Augen. Es war eine Jugend-Kassette, Fünf Freunde, aus dem Jahr 1975.

Allmählich sah Josefine verschwommene Bilder, dann wurden sie schärfer und schließlich sogar farbig. Sie sah, wie der kleine Bernd fröhlich aus Papas neuem Audi 100 stieg und in sein Zimmer stürme. In der Hand hielt er die brandneue Hörspiel-Kassette. Bernd legte die Kassette sofort in seinen Compact-Cassetten-Recorder ein. Ganz gespannt saß er nun auf seinem Bett und hörte die Geschichte von der Schatzinsel, auf der fünf Freunde ihre Erlebnisse hatten. Bernd hörte nicht, dass seine Mutter bereits zum vierten Mal zum Essen gerufen hatte. Plötzlich ging die Kinderzimmertür auf und da stand Mutter nun. Na, dachte Josefine: „Das ist ja wie bei Max so. Es wiederholt sich doch alles im Leben." Josefine stand auf und holte den Braten aus dem Ofen, in zwanzig Minuten würden ihre Männer eintreffen. Sie setzte sich wieder an den Küchentisch und betrachtete die andere Kassette.

„Oh, endlich mal etwas für mich, ‚Twist im Star Club', eine Philips Kassette aus dem Jahr 1965", sagte Josefine so vor sich hin. Wieder sah Josefine alles ganz deutlich. Die Musik spielte sehr laut. Zigarettenrauch machte das Wohnzimmer nebelig. Sie sah einen Wohnzimmerschrank in Palisander. Der Fernseher zeigte Schwarzweiß-Bilder. Darüber hing ein Kalender, der das Jahr 1966 anzeigte. Josefine sah alles aus den Augen einer auf der Couch sitzenden Person. „Gefällt dir die Kassette, Kurt?", fragte diese Person. Auf dem Tisch standen ein Käse-Igel und diverse Flaschen, wie Wein und Wodka. Ein Mann kam in den Raum, die Zigarette in der Hand, er war wohl angetrunken, hatte auffällige Tätowierungen am Arm. Er setzte sich ebenfalls auf die Couch. „Komm', Mädchen, sei nicht so zickig!", lallte der Mann. Für die Person, aus dessen Sicht Josefine alles sah, wurde es nun sehr ungemütlich. Es handelte sich um Beate Kramer. Josefine sah sogar ihren Ausweis, als Beate in ihrer Handtasche den Lippenstift suchte. Der Mann vergewaltigte Beate und erschlug sie dann mit der Wodka-Flasche. Überstürzt lief der Mann aus der Wohnung. Im Hausflur begegnete er Kurt, der aus dem Automaten um die Ecke Zigaretten ziehen wollte. „Na, Gerd, wieder zu tief ins Glas geschaut? Ich habe heute Besuch von meiner neuen Flamme Beate!", sagte Kurt. Wortlos verließ Gerd das Gebäude.

Josefine bekam einen Weinkrampf und sie schrie laut. „Schatz, was ist passiert!", fragte ihr Mann Norbert, der soeben in die Küche kam. Max kam hinzu. „Max, gehe bitte in dein Zimmer, hier ist deine Kassette, Mami hat sich wohl am Kochtopf verbrannt", sagte der Vater zum Sohn. Stunden später machte Josefine eine Aussage bei der Kripo. Tage später erhielt sie den Bescheid, dass der Mord aus dem Jahr 1966 an Beate Kramer nie aufgeklärt wurde. Kurt Degenhardt war zwar der Hauptverdächtige, aber seine Fingerabdrücke passten nicht zur Mordwaffe, der Wodka-Flasche. Kurt war beim Anblick seiner zukünftigen Frau so geschockt, dass er die Begegnung mit Gerd im Hausflur völlig vergaß. Jetzt wurde der mittlerweile 70-jährige Mann noch einmal vernommen und nach einem Mann mit auffälliger Tätowierung auf dem Arm gefragt. Er erinnerte sich an seinen Nachbarn Gerd Segmüller. Mord verjährte nie. Der 75 Jahre alte Gerd Segmüller wurde danach verhaftet. Josefine erholte sich nur langsam von dem Erlebnis. Sie war noch lange in Behandlung. Ihre Gabe, Medium zu sein, verlor sie. „Sie sollte sich wohl nur noch ganz auf ihre Familie konzentrieren", meinten ihre Kunden, die sehr traurig über das Geschehene waren.

Der letzte Tee

Nun saß er in seinem geliebten Lehnstuhl, trank dabei einen heißen Tee. Earl Grey war sein Lieblingstee, so wie er jeden Tag von Josefine, seiner Hausangestellten serviert wurde. Sein Blick richtete sich auf den Cappenberger-See. Der Garten des herrlichen Anwesens war wunderbar gepflegt. Der Duft der Rosen drang bis zu ihm und ließ den Tee noch besser schmecken. Ein Mann, der in seinem Leben alles erreicht hatte, 67 Jahre alt, eine schöne Zeit wartete noch auf ihn, auf Herrmann Degrothe. Sein Imperium baute Degrothe mit eiserner Hand auf. Sehr schnell ging es bergauf, er diktierte wo es langging. Mit seiner ersten Frau Sonja hatte Herrmann Degrothe zwei Kinder; Frank und Georg. Schon sehr früh erklärte er ihnen den Erfolgsweg des Geldes. Degrothes Ex-Ehefrau Sonja, also die aus erster Ehe, denn jetzt war er ja mit Barbara verheiratet, hätte die Söhne lieber auf den Weg der Güte, der Liebe und der Ehrlichkeit geschickt. Aber Herrmann setzte sich durch. Nun saß also Herrmann Degrothe vor dem geöffneten Fenster, trank seinen Tee und erfreute sich an den Rosen, nein, er erfreute sich an seiner Macht. „Macht, die er auf Geschäftspartner, auf Angestellte, ja, sogar auf seine Familie ausübte." So schrieb es Sonja in einem Abschiedsbrief, den sie ihrer Schwester Barbara heimlich zukommen ließ. Herrmann Degrothe hatte von Anfang an vor, dass Sonja nur Kinder gebären sollte, am besten vier Jungen. Nach dem zweiten Kind ließ sich Sonja sterilisieren, das war ihr Tod. Systematisch tyrannisierte Herrmann seine Frau. Jeder Tag wurde für Sonja zur Qual. Frank und Georg wurden angehalten, mehr aus den Geschäften herauszuholen. Für einen Hungerlohn zwang ihr Vater sie, erfolgreich zu sein und zu betrügen. Am Anfang des Geschäftslebens, als Sonja noch an Liebe dachte, schien alles gut zu laufen. Beide schrieben frühzeitig ihr

Testament. Übertrugen alles gegenseitig. Herrmann war auch noch einverstanden, dass im Falle eines Versterbens von beiden, die zwanzig Jahre jüngere Barbara als Erbin eingesetzt würde. Das lag nun vierzig Jahre zurück. Vor drei Jahren kam Sonja bei einem Unfall ums Leben, zumindest stand es so in den Polizei-Akten. Das Ehepaar Degrothe kam auf ihrer Jacht nahe des Lister Hafens auf Sylt in ein Unwetter. Herrmann kehrte allein zurück. Spekuliert wurde bis heute. Barbara kam zur Trauerfeier aus Rom in das Haus ihres Schwagers. Ihre kleine Wohnung konnte sie ohne weiteres ein, zwei Wochen allein lassen. Anhang hatte die hübsche junge Frau nicht. Sie trauerte im Haus der Degrothes. Bereits am zweiten Tag veränderte sich Barbara. Sie wurde schlapper, lustloser und müder. Herrmann war sehr zuvorkommend, verwöhnte sie mit köstlichem Tee. Die junge Frau ahnte nicht, dass sie mit Drogen vollgepumpt wurde. Bereits nach drei Monaten zwang Herrmann sie zur Heirat. Völlig willenlos sagte Barbara leise „Ja" zum Standesbeamten.

Man könnte denken, das damals verfasste Testament ließe sich doch einfacher aus dem Weg räumen. Nein, daran dachte Herrmann nicht mehr, er wollte die junge Frau als Eigentum, als Hörige. Mittlerweile flüchteten Frank und Georg aus den Firmen und der Macht des Vaters. Dem Druck hielten sie nicht mehr stand. Frank erfuhr, dass bei einem Immobiliengeschäft sein Vater einen Mitkonkurrenten aus dem Weg räumen lassen hatte. So gierig wurde Herrmann Degrothe im Laufe der Zeit. Heute arbeitete Frank als Buchhalter, Georg als Steuerberater. Natürlich in einem anderen Land. Wo genau, das wusste niemand. Barbara ereilte eine Hautallergie, eine unangenehme Sache, denn es juckte schrecklich.

Geistesgegenwärtig stellte sie ihre Nahrung um. Von nun an trank Barbara viel Wasser und aß nur trockenes Brot. Nach vier Wochen fühlte sie sich wie neu geboren. Herrmann verwöhnte sie wieder mit Tee, in den er die Drogen mischte. Nur durch Zufall bemerkte Barbara das Röhrchen mit dem weißen Pulver. Gab es noch mehr davon? Barbara durchsuchte das Haus. Sie wurde fündig. Das Pulver schmeckte leicht bitter, außerdem hatte sie ein betäubendes Gefühl auf der Zunge. Was sollte Barbara nun tun? Neuerdings war die Eingangstür verschlossen, vor den frei herumlaufenden Rottweilern im Garten hatte sie Angst. Josefine, die Hausangestellte, war ihre Rettung. Barbara setzte sich an den Schreibtisch ihrer verstorbenen Schwester, suchte Papier und Schreiber, um Josefine eine Hilfe-Nachricht zustecken zu können. Eine Kopie des Testaments lag unter allen Papieren, sowie eine Nachricht an Barbara. „Wenn du das liest, liebe Schwester, dann bist du so verzweifelt wie ich es war. Ich wollte einen Abschiedsbrief schreiben, dachte dann aber, warum soll ich mein Leben opfern. Ich wollte das Schwein umbringen…" Die ganze Lebensgeschichte war notiert, alles, aber auch wirklich alles kam ans Tageslicht. Aber, der letzte Satz war beängstigend: „Geh nicht zur Polizei, das Schwein lässt dich umbringen, er hat Mittelsmänner. Er ließ mich auch ständig überwachen. Bring das Schwein um und lebe mit dem Vermögen mit meinen geliebten Söhnen in Frieden. Bitte spende etwas an ‚Frauen in Not' und ‚Menschen mit Drogensucht', du wirst es schon richtig machen. Deine Schwester Sonja." Herrmann saß immer noch auf seinem Lehnstuhl, blickte auf den See, genoss seinen Einfluss und seine Macht. Langsam schloss er die Augen, das Gift wirkte. Dieses Mal hatte er etwas im Tee. Dr. Dresen stellte lediglich einen Herzinfarkt fest.

Ein Schickimicki-Mord

Im noblen Vorort von München ist in der Schickimicki-Szene ein reicher Mann um die Ecke gebracht worden. Nicht weit vom Tatort fand Kommissar Schrammel eine Brieftasche eines Mannes. Bei der Vernehmung auf der Polizeiwache in der Beethovenstraße verstrickte sich der Mann in Widersprüche und wurde so zum Verdächtigen. Zwei Stunden später knickte der Verdächtige ein und wurde zum Täter. Die Akte Mord ZX3B2015 konnte schnell geschlossen werden. „Na ja, wer Schussknecht heißt, ist ja eigentlich schon bestraft genug, jetzt bringt er auch noch jemanden um!", sagte Schrammel. „Schussknecht?", fragte Kommissar Kiermayr, der gerade seinen Kollegen aus Werne, Frank Riller, zu Besuch hatte. „Da hatte ich einmal einen Fall, das muss bestimmt 25 Jahre her sein. Der Fall wurde nie gelöst. Mich erinnert aber der seltsame Name daran. Lasst es euch schmecken. Heut hat sich der Koch Hubert mal Mühe gegeben." Schrammel darauf: „Stimmt! Aber was kann Hubert bei Semmelknödeln schon falsch machen?" Alle grinsten sich an und stimmten zu. Tage später liefen sich die beiden Kommissare wieder über den Weg. „Hast' den Fall Schussknecht schon abgeschlossen, Herr Kollege?", fragte Kiermayr. „Ist erledigt, ging ja alles fix!", sagte Schrammel. „Komm' morgen mal in mein Büro, wir gehen die Akten von vor 25 Jahren durch", so Kiermayr. Beide saßen mit einem Wurstbrot am Schreibtisch und studierten die alten Akten. Frank Riller war dabei. Seit dem Marina-Rünthe-Fall sind Kiermayr und Riller befreundet. Zurück zum Fall: Es war am 15. August 1990, als man in einem Waldstück eine tote Frau fand. Es lag ein Abschiedsbrief neben ihr, aber auch ein Weidenkorb mit einem Neugeborenen darin. Die Frau hieß Anna Schussknecht.

Es deutete wirklich alles auf Selbstmord hin. Der Vater des kleinen Franzl konnte nie ermittelt werden. Man stellte lediglich fest, dass die Tote zu einem Trio gehörte, die Einbrüche verübte. Ihre Fingerabdrücke fand man in den Wohnungen der Geschädigten. Mindestens zwei Männer waren noch beteiligt. „Hier ist noch eine Liste der gestohlenen Objekte", sagte Kiermayr. „Ist das Haus des Ermordeten schon freigegeben?" „Nein, lasse es uns noch einmal aufsuchen", sagte Schrammel und hatte eine Vermutung. Beide fuhren mit Frank Riller, als Gastkommissar, zur Wohnung des Ermordeten und begannen mit der Durchsuchung. „Was vermutest du, Herr Kollege?", fragte Kiermayr. „Das wird alles kein Zufall sein, schau' dir mal dieses Ölgemälde an", so Schrammel. „Tatsächlich, es steht auf der Liste!", sagte Kiermayr erstaunt. Beide durchsuchten das Haus in der Schickimicki-Szene nun genauer, stellten alles auf den Kopf. Sie wurden fündig. Ebenfalls fanden sie ein Testament. Als Erben waren zwei Männer eingesetzt: Franzl Schussknecht und der Huber Karl. Am nächsten Tag beriefen die Kommissare eine Sonderkommission. Zwei Kollegen observierten den Verdächtigen Huber. Zwei weitere Kollegen und Kolleginnen suchten die noch lebenden Geschädigten der Einbruchserie auf. Auch die Versicherungen wurden informiert. „Der Durchsuchungsbefehl für Huber liegt vor!", rief Schrammel in die Runde. „Dann fahren wir gleich los", freute sich Kiermayr. „Vielleicht wird mein Fall nun nach fünfundzwanzig Jahren gelöst!" „Das wünsche ich dir.", sagte Riller.

In der Wohnung des Verdächtigen Schrammel fanden die Beamten tatsächlich weitere Funde der damaligen Räuberei. Auch hier lag im Schreibtisch ein Testament mit den eingesetzten Namen: Franzl Schussknecht und Herbert Müller, in der Schickimicki-Szene bekannt als Gold-Herbie. Karl Huber wurde festgenommen. „Herr Kollege, der Franzl muss doch ein Motiv gehabt haben? Er ist als Erbe eingesetzt, nun fliegt alles auf. Da stimmt doch etwas nicht", sagte Frank Riller. Die Kommissare stellten Huber und Schussknecht gegenüber. Sie ließen beide erst unbeaufsichtigt, aber das Mikrofon war eingestellt. „Sag nichts, Franzl, ich erkläre dir alles später", flehte Huber. „Aber ich habe doch das Richtige getan", entgegnete Franzl Schussknecht. „Er hat doch meine Mutter getötet." Nach langen Verhören stellte sich heraus, dass Anna Schussknecht reinen Tisch machen wollte. Nachdem Franzl auf die Welt kam, gab es nur noch eines für sie, Familiengründung und die erbeuteten Sachen zurückzugeben. Dabei wusste sie nicht, wer genau der Vater von Franzl war, Herbert Müller oder Karl Huber. Die beiden Männer wussten es auch nicht. Nur durch einen dummen Zufall erfuhr Franzl Schussknecht, dass es sich nicht um Selbstmord, sondern um Mord gehandelt hatte. Im Rausch des Alkohols sagte Huber: „Ich habe deine Mutter geliebt, aber Herbert brachte sie einfach um, als sie reinen Tisch machen wollte." Beide gestanden ihre Taten. Eine Analyse ergab, dass Franzl der Sohn von Herbert Müller war. Das war Franzl Schussknecht aber völlig egal. Verständlicher Weise.

Die Uhr tickt

Der ins Alter gekommene Rechtsanwalt Heinrich Böllinghausen bot seinen Mandanten und Freunden einen besonderen Service an. Böllinghausen hatte so gut wie keine Aufträge mehr, was ihm völlig egal war, denn er war bestens abgesichert. Gern saß er aber in seinem Büro in Lünen, las die Tageszeitung und genoss um 12 Uhr 30 sein Mittagessen im Restaurant „Zum Krug". Sein Safe war nicht mehr gefüllt, keine Akten waren mehr zu archivieren, alles war entsorgt. Gegen einen kleinen Beitrag von zehn Euro im Monat, konnten jetzt ehemalige Mandanten und Freunde einen Schuhkarton mit ihren Habseligkeiten darin deponieren. Böllinghausen war ja immer vor Ort, sogar an vielen Wochenenden, es erwartete ihn zu Hause in Lünen-Süd auch niemand mehr. Die beiden Söhne hatten ihre Kanzlei in weit entfernten Städten und seine Frau war seit nun genau 8 Jahren verstorben. „Mein Name ist Mike Gehldorf, es empfahl Sie Herr Gerhard Wenninger, er war einmal Mandant bei Ihnen. Es ging um Erbrecht und so", Herr Gehldorf, ein etwa 35 Jahre alter und gepflegter Mann stellte sich bei Rechtsanwalt Böllinghausen vor. „Das ist ja nett, aber ich praktiziere nicht mehr", sagte Böllinghausen. „Nein, nein, ich möchte etwas bei Ihnen deponieren. Ich bin Goldschmied, müsste täglich an meine Sachen. In meinem neuen Geschäft wird erst in etwa drei Wochen ein Tresor eingebaut!" Beide einigten sich auf eine Aufbewahrungszeit von maximal vier Wochen. Gehldorf prüfte eingehend den Safe und die Kanzlei. Zwei Straßen weiter wartete Dirk Bosner auf Mike Gehldorf in seinem alten angerosteten Golf. Gehldorf im gepflegten Zwirn in einem in die Tage gekommenen Golf? Nun, sie und zwei weitere Männer hatten es lediglich auf Böllinghausens Tresor abgesehen, mehr nicht. Eine erfahrene Verkäuferin aus einem Bekleidungsgeschäft hätte sofort die abgewetzten

Stellen an Jackett und Hemd bemerkt. Für einen Goldschmied mit großen Umsätzen bestimmt nicht tragbar. Die beiden anderen in der Ganovenrunde kannten sich mit dem Bau von Bomben aus. „Die Tür zur Kanzlei ist leicht zu knacken. Am Nachmittag, vor unserem Bruch, lege ich die Haustür des Geschäftshauses lahm. Kurt, kümmere dich mit Toni um die Bombe. Wie habt ihr das eigentlich genau vor?", fragte Bosner. „Wir werden zwei Bomben bauen. Beide mit Zeitzünder, beide sind mit Atomuhren bestückt. Eine der Bomben wird an unserem Golf montiert und eine Straße weiter geparkt, mit der anderen sprengen wir den Safe", so Toni. „Klingt perfekt. Alle sind mit dem Auto beschäftigt. Ich habe uns einen BMW günstig erstanden. Bis zur Grenze nach Holland wird er es schon schaffen, er ist bereits vollgetankt, randvoll!", sagte Mike. Der große Tag kam, die bis ins Detail durchdachte Idee wurde umgesetzt.

Samstag, 17 Uhr: Bosner blockiert mit Zange und Schraubendreher die Geschäftstür.

17 Uhr 10: Gehldorf umkurvt den Block, bis er direkt vor dem Geschäftshaus einen Parkplatz für den BMW findet. Toni platziert bereits den Golf in der Nachbarstraße.

Der Herbst zeigte seine dunklen Tage, um 19 Uhr 40 betreten alle das Geschäftshaus. Tatsächlich ließ sich die Tür zur Kanzlei leicht aufbrechen. Die Bombe wurde am Tresor platziert. „Wie lange noch, Toni?", fragte Bosner. „Noch etwa acht Minuten, gehen wir in Deckung!", so Toni. Sie verschanzten sich im Nachbarraum. Hier standen schwere Metallregale mit alten Akten die auf den Reißwolf warteten. Drei, zwei, eins ... ein Knall war zu hören. Der Golf stand in Flammen. Die Bombe am Tresor versagte. Warum auch immer! „Los raus hier, nimm die Bombe mit, Toni!", schrie

Bosner. Sie warfen sich in den BMW und kratzten die Kurve. „Verdammt, die Atomuhr hat den Kontakt zum Sender verloren, steht auf Sommerzeit! Verdammt!", ärgert sich Toni.

In den Nachrichten war zu hören: „Autobahn BAB 52 in Richtung Niederlande explodierte bislang aus unbekannten Gründen ein PKW. Die vier Männer kamen dabei ums Leben!"

Ordnung muss sein

Angelika Parker war eine attraktive Geschäftsfrau in Lünen. Zudem war sie auch sehr erfolgreich. Mit 36 Jahren schien sie nun auch den richtigen Partner kennengelernt zu haben. Konrad war Geschäftsführer; nun, eigentlich Verkäufer; also, wenn man es ganz genau nahm, Lagerist in Dortmund. Aber er stellte sich überall als Geschäftsführer vor. Sein Aussehen und seine Visitenkarten waren schon ein echter Hingucker. Angelika war richtig verschossen in ihn. Es störte nur, dass Angelika für ihre Liebsten so wenig Zeit erübrigen konnte. Denn auch Ella Mops kam viel zu kurz. Gassi-Gehen erledigte die Hausangestellte Giesela. Die Mopshündin war sehr glücklich darüber und bedankte sich damit, dass sie heruntergefallenen Abfall aus dem ganzen Haus in die Küche bis vor den Mülleimer trug. „Gehen wir heute noch zum Griechen?", fragte Konrad. „Du, Conny, sei mir nicht böse, ich muss dringend die Geschäftsbücher durcharbeiten. Geh' du nur, vielleicht komme ich noch nach", erwiderte Angelika. Konrad stieg in seinen Jaguar und brauste los. Angelika schenkte ihm den Wagen im letzten Monat. Konrad sprach von festen Geldanlagen für beider Zukunft, da konnte er sich einen neuen Nobelwagen wohl nicht leisten. Und einen Kleinwagen wollte Angelika nicht vor ihrer Villa stehen sehen.

„Hey Conny, wo ist denn deine Superbraut?", tönt es Konrad beim Griechen entgegen. „Sie hat wie immer zu tun. Ist Susi heute hier?" Konrad schaut sich angeregt um. In Mini und mit tiefem Ausschnitt stand Susi schließlich vor Conny. „Ach ich bin hin und hergerissen von dir. Für dich würde ich alles tun", schwärmte Conny. „Wir werden sehen, Conny, ob du das wirklich tust", sagte Susi und schaute Conny tief in die Augen. „Meine Schwester hat Recht, Conny. Langsam müsstest du dich doch entscheiden, oder? Meine Schwester ist immer für dich da. Deine Vorzeigedame ist doch trostlos", redete Toni auf Conny ein. „Hast ja Recht, aber ohne sie komme ich mit meiner Kohle nicht klar", redete Conny Klartext. Am nächsten Tag fuhr Conny zu Angelika. Er wollte etwas sagen, da unterbrach Angelika: „Conny, begleite mich morgen bitte nach Münster. Im Tresor lagern Diamanten und Bargeld von mehreren Millionen. Ich habe mich von meinem Juweliergeschäft in der City getrennt. Allein wollte ich auch nicht zur Bank." Conny schaute Angelika überlegend an. „Conny? Bist du hier?", lachte Angelika. „Oh ja, entschuldige bitte, natürlich begleite ich dich. Ich fahre jetzt zu mir, tanke den Jaguar und lege mich hin, dann bin ich morgen fit!", sagte Conny etwas erschrocken. Als angeblicher Geschäftsführer hatte Conny ebenfalls einen Koffer in Angelikas Tresor deponiert, so kannte er den Code. Statt in seine Wohnung zu fahren, fuhr Conny zum Griechen. „Susi ist nicht hier, Conny", sagte Toni. „Ich will auch zu dir, Toni, hast du Zeit?", fragte Conny. An einem abgelegenen Tisch schmiedeten beide einen Plan. Um Mitternacht brach Toni einen älteren

Golf auf. „Hier die Walther Pistole, Conny. Vergiss nicht, sie abzuwischen und sie in ihre Hand zu legen. Ihre Fingerabdrücke müssen deutlich zu sehen sein", erklärte Toni und fuhr fort: „Wer weiß noch von den Diamanten und der Kohle?" „Niemand, nur ich", antwortete Conny. Am Tatort angekommen, schloss Conny leise die Tür auf. Angelika saß noch mit einem Glas Wein am Schreibtisch. Lilly Mops lag im Körbchen. Der Kamin brannte langsam aus. „Nanu, Conny, ich dachte du schläfst bereits", sagte Angelika. „Ich wollte dich mit so viel Geld nicht alleine lassen", flüsterte Conny und ging um den Schreibtisch herum auf Angelika zu. Er wollte ihr gerade einen Kuss auf die Wange geben, da zog er die Walther und schoss erbarmungslos in ihren Kopf. Die Waffe ließ er zu Boden fallen. Toni sah alles vom Fenster aus, er schlug die Scheibe ein und öffnete das Fenster. Danach rannte er zum Golf. Conny gab den Zahlencode im Tresor ein und nahm alles heraus, was er finden konnte. Den Golf versteckten sie im Cappenberger-Wald. Der Jaguar war nicht weit entfernt geparkt. „Hast du an die Fingerabdrücke gedacht?", fragte Toni. „Um Gottes Willen, ich hab's vergessen!", jammerte Conny. „Mist. Dann ändern wir den Plan. Setz' mich an deiner Wohnung ab. Ich teile schon die Beute. Fahr du zurück, wisch' die Waffe ab und drücke sie ihr in die Hand", befahl Toni. Conny fuhr los. Zwei Straßen vor Angelikas Haus parkte er. Er schloss die Tür auf. Alles schien gut zu laufen. Er stürmte zum Schreibtisch. Aber die Waffe war verschwunden. Conny suchte alles ab. Er fand sie nicht. Erfolglos verzog er sich.

Am nächsten Morgen öffnete Giesela die Haustür. Ella Mops wimmerte fürchterlich. „Ich bin ja da, Ella Mops. Jetzt gehen wir unsere Hunderunde!", rief sie. Im Wohnzimmer erschrak sie fürchterlich. Sie sah ihre Arbeitgeberin blutüberströmt am Schreibtisch. Sie rief die Polizei. Die

Polizei untersuchte alles. Giesela kümmerte sich nun um Ella Mops. Sie ging in die Küche, da lag der Mops. Reinlich wie er war, hatte er die schwere Waffe bis zur Mülltonne geschleppt, so wie Ella Mops alles Heruntergefallene dahin brachte. Der Rest war für die Kripo Lünen ein Kinderspiel, denn die auf der Waffe gefundenen Fingerabdrücke waren ja im ganzen Haus zu finden. Es war ein interessanter Fall für Kriminalkommissarin Ilona Eickwinkel und Kriminalkommissar Uwe Lukas.

Drei Freundinnen auf Ganovenjagd in Lünen

Wie immer war es im Wartezimmer von Dr. Lorenz sehr voll. Beate musste eigentlich nur ihr Rezept abholen, aber auch diese Aktion dauert länger. Zu ihren beiden Freundinnen sagte sie: „Wartet doch bitte vor der Praxis auf der Bank. Das Wartezimmer ist oft überfüllt und bei diesen heißen Temperaturen ist es besser so." „Ist OK!", sagte Iris. Beide holten ihr Smartphone heraus und surften im Internet. Nach dem Abholen des Rezeptes wollten die drei 16-jährigen Freundinnen noch in die Eisdiele.

Beate hatte Glück, nicht etwa, dass sie das Rezept sofort erhielt, sie bekam noch einen Sitzplatz. „Guten Morgen!", sagte Beate fröhlich. Der Gruß wurde verhalten erwidert. Über das Smartphone gab sie ihren Freundinnen gleich Bescheid, wie der Stand der Dinge ist. Nun schaute sie sich in der wartenden Runde um. Die jüngere Generation hatte den Kopf leicht nach unten gerichtet, mit Blick auf Smartphone und Co., die ältere Generation unterhielt sich untereinander und zeigte voller Stolz das edle

Geschmeide aus Gold, Silber und Perlen. Wie sich alles so geändert hatte. Beate wäre gar nicht auf diese Gedanken gekommen. Ihr Opa brachte sie darauf. „Früher war alles anders.", sagte er. „Früher konnten wir noch direkt miteinander sprechen. Und wenn wir zum Herrn Doktor mussten, dann wurden die Schuhe gut geputzt.", so Opa weiter. Beate schaute noch einmal in die Runde. Oma Wuttke trug Schlappen, die kannte Beate noch aus der Straße, in der sie als Kind wohnte. Vielleicht waren es sogar diese Schlappen? Oma Wuttke ist ganz schön auseinander gegangen. Etwas anderes als Schlappen konnte sie nicht mehr anziehen. Die junge Generation, auch Beate, trug Turnschuhe. Die ältere Generation doch schon geputzte Schuhe oder Schlappen eben. Beate schaute sich die wartenden Patienten an, weil sie sich gerade an ihren Opa erinnerte. Aber einer war unter den Patienten, der passte nicht ins Bild. Er richtete sein Smartphone immer wieder auf ältere Patientinnen und sprach dann mit jemandem am anderen Ende. Es gab dann immer ein „OK?" oder „OK!". Er saß Beate genau gegenüber. Sollte er das Smartphone auf Beate richten, so würde Beate Einspruch erheben, denn fremde Menschen darf man nicht fotografieren.

„Frau Müller ist die Nächste! Bitte Zimmer 2!", ertönte es aus dem Lautsprecher. Frau Müller, verwitwet, besaß bis vor 8 Jahren das Juweliergeschäft in der Rosenstraße. Mit Schmerzen stand sie auf und verabschiedete sich von ihren Sitznachbarinnen. Drei weitere Patienten bekamen ihre Rezepte ausgehändigt. 2 neue Patienten nahmen Platz. Eine trug eine riesige Goldmünze an einer Goldkette. Sofort zückte der für Beate verdächtige junge Mann sein Smartphone und fotografierte sie. Ein „OK!" kam aus dem Lautsprecher. Das war für Beate doch nun höchst verdächtig. Sie tat so, als würde sie ihre Freundinnen kontakten. Richtete das Smartphone in einem günstigen Moment auf die verdächtige Person und schoss ein unerlaubtes Bild.

„Herr Grompe bitte in Zimmer 1! Und der kleine Max kann mit seiner Mutter schon vor dem Zimmer 2 warten!", ertönte es wieder aus dem Lautsprecher. In diesem Augenblick kam Frau Müller aus dem Behandlungszimmer und fragte an der Rezeption nach einem neuen Termin. Jetzt stand der Verdächtige, aus Beates Sicht, auf und verließ die Praxis. Frau Müller verließ ebenfalls die Praxis.

Zwei neue Patienten betraten im selben Augenblick die Praxis. Plötzlich hörten Beate und andere Patienten einen Hilferuf. „Hilfe! Hilfe! Ein Dieb!" Zweimal rief jemand diesen Hilferuf. Das Personal lief sofort aus der Praxis, gefolgt von Patienten. Plötzlich konnten auch die wieder gehen, die vorher stark gehumpelt haben.

Beate aber kombinierte. Sie schickte ihren Freundinnen, die immer noch vor der Praxis auf der Bank warteten, das Bild des Verdächtigen. „Wenn der aus der Praxis kommt, dann verfolgt ihn unauffällig. Sagt mir dann immer wo ihr gerade seid. Ich rufe die Polizei.", rief sie ins Smartphone. Tatsächlich kam der Verdächtige aus dem Ärztehaus gestürmt. Jetzt ging er mit schnellen Schritten auf den naheliegenden Bahnhof zu. Die beiden 16-jährigen Luise und Iris folgten ihm. „Beate, er läuft auf den Bahnhof zu!", schrie Luise ins Smartphone. Beate rief schon die Polizei. Nun rief sie nochmals an: „Kommen sie bitte nicht zur Praxis. Fahren Sie zum Bahnhof. Meine Freundinnen verfolgen den Dieb." Die Polizei fuhr mit zwei Streifenwagen aus. Der eine fuhr zur Praxis, der andere zum Bahnhof.

Der Dieb überlegte wohl nicht lange. Er sprang in den abfahrenden Zug nach Münster. Er schien für immer geflohen zu sein. Luise fotografierte den Einstig und den Abfahrtsanzeiger. Er zeigte an, dass der Zug bis Münster ohne Zwischenstopp durchfuhr. Sofort gab Luise die Bilder per WhatsApp an Beate. Beate leitete die Bilder sofort an die Polizei weiter.

In der Zwischenzeit waren Polizei und Krankenwagen vor Ort. Frau Müller hatte Schürfwunden. Sie bekam kein Wort heraus. Alle anderen bemerkten den jungen Mann nicht und konnten nur wenig aussagen. „Eine Jeans trug er, dazu ein rotes Shirt." „Nein, blau war es mit weißen Sportschuhen." Mit diesen Angaben hätte die Polizei natürlich nichts anfangen können. Die Bilder der Mädchen waren jetzt Gold wert. Der Streifenwagen am Bahnhof setzte mit Blaulicht seine Fahrt in Richtung Münster fort. In Münster stellten die Beamten mit Hilfe der Beamten aus Münster den Ganoven.

Beate, Iris und Luise wurden in der Praxis gefeiert und bekamen eine hohe Belohnung von Frau Müller. Sie lässt jetzt ihren Schmuck doch lieber im Tresor.

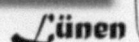

Lünen

Rundturn-Halle

Heinz-Hilpert-Theater

Hanse-Saal

Blick auf die neue Graf-Adolf-Brücke, St. Marien Kirche und das Rathaus.

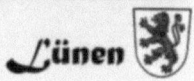

Werne - damals und heute

Rünthe

Rünthe

Rünthe

Rünthe

... und damals in Rünthe!

... und damals in Rünthe!

... und damals in Rünthe!

... und damals in Rünthe!

Rünthe Meine Heimat
Von der Bumannsburg über die D-Zug-Siedlung und Schacht 3... bis zu Marina Rünthe
Sültz
Werne
N
Rünthe
W
O
S
Lünen
Hamm
Bergkamen
233
A1

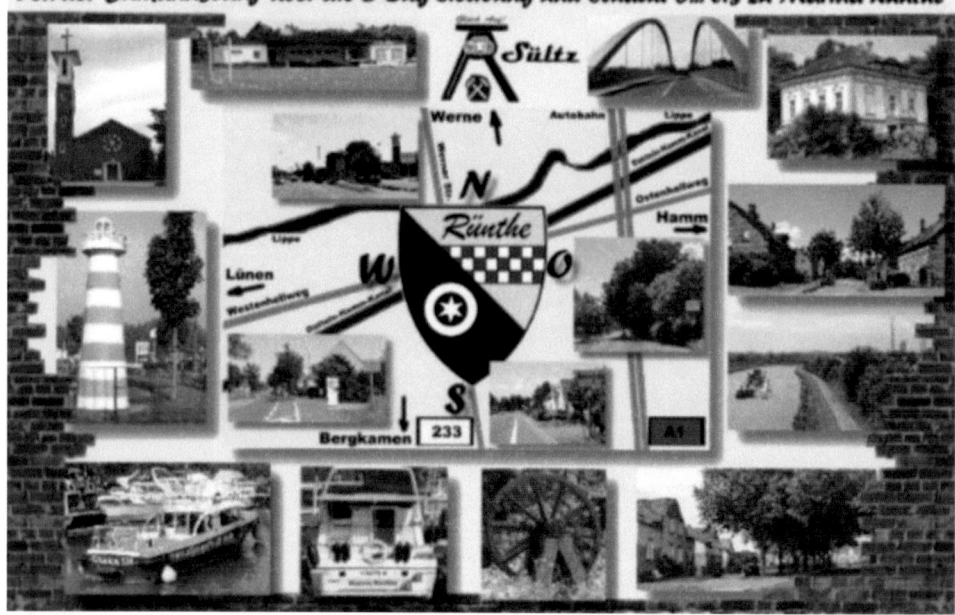

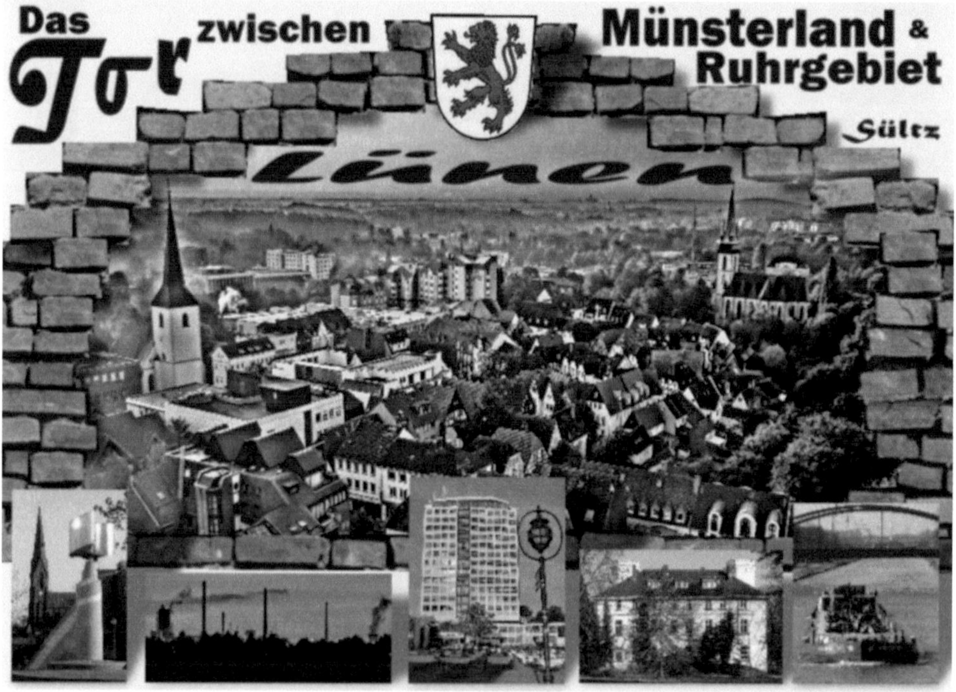
Das Tor zwischen Münsterland & Ruhrgebiet
Sültz
Lünen

in S/W
Lünen

in S/W
Lünen

Jedes Jahr trifft sich das Sonderdezernat WBL 2020 an einem geheimen Ort in entweder Werne, Bergkamen oder Lünen. Bei einem alkoholfreien Getränk und einem leckeren Essen diskutieren sie oft über vergangene Fälle. Aber auch über Fälle aus ihrem Kollegenkreis oder von denen sie gelesen haben.

Ein Toter wird reden

Inspektor Blake arbeitet schon lange im Stadtteil Kensington. Er hatte sich vor einigen Jahren hierher versetzen lassen. Vorher wohnte er in Waterloo- London Bridge. Dass er nach Kensington versetzt wurde, war ihm nur recht. Irgendwie liebte er diesen Stadtteil, da hier viele Persönlichkeiten wie zum Beispiel Freddy Mercury oder Newton und auch die berühmte Schriftstellerin Virginia Woolf lebten. Kensington war sehr belebt, die Bevölkerung wuchs ständig. Aber auch die Kriminalität.
Inspektor Henry Blake war im besten Alter und hatte noch einige Jahre zu arbeiten. Kein Problem, denn er liebte seinen Beruf. Da er keine Familie hatte, konnte er täglich Überstunden machen und sich gänzlich seinem Job widmen. Eine Heirat hatte er immer als Ballast empfunden. Dagegen war sein Assistent Tom Sidney glücklich verheiratet. Zwar kinderlos, aber das war ihm egal. Na ja, jedenfalls tat sich einiges in der Verbrecherbekämpfung. Die beiden Polizisten hatten alle Hände voll zu tun. Sie liebten ihren Job, obwohl es immer schwieriger wurde gegen dieses grausame Morden vorzugehen.

Am Morgen des 12. Dezember 1991, sie fuhren gerade durch den Stadtteil Streife, sprang das Funkgerät im umgebauten Austin FX4 an. Der Wagen diente einst als Taxi. Tom Sidney und Henry Blake erschraken wie jedes Mal, wenn das schrille Dröhnen aus dem Gerät drang. „Dieses verdammte alte Ding, schimpfte Tom, da kriegt man ja einen Infarkt." „Hallo, Ihr zwei Gauner", hörte man am anderen Ende der Leitung eine angenehme Frauenstimme rufen! Henni war eigentlich schon in Rente, aber mit ihren 70 Lenzen noch geistig auf Zack. Die Firma riss sich um sie und Henni machte gerne ihren Job. Sie war froh, noch gebraucht zu werden. Gelassen sprach sie weiter mit ihrer noch recht jugendlichen Stimme: „In der Kings Road liegt ein Toter an einem Wasserhydranten, beeilt euch." „Klar Henni, machen wir doch glatt Süße", rief Blake durch das Mikrophon!" Sie rasten, was das Fahrwerk des alten Austin her gab los. „Gibt es hier in dem verdammten Stadtteil auch mal Tage, an denen nicht gemordet wird!", rief Tom Sidney fast ungehalten. „Ich glaube kaum", stöhnte Henry. Am Tatort angekommen, sprangen sie aus dem Wagen und handelten schnell. Der Tote war etwa 1,80 groß, laut seinem Ausweis 75 Jahre alt. Er war außerdem sehr elegant gekleidet. Der alte Herr trug eine Melone, die wohl während des Falls etwas verrutschte und ihm schon fast lustig anzusehen, im Gesicht hing. Der Mantel, den er trug, war aus feinstem Kamelhaar gearbeitet. „Also wie man vermuten konnte, kein armer Mann", sagte Inspektor Henry Blake zu Tom Sidney. Justus Hoffmann, war ein deutscher Geschäftsmann, der vor Jahren nach London kam, um hier die Firma seines verstorbenen Bruders, samt seiner eigenen Firma weiterzuführen. Blake erfuhr am Telefon, dass Justus heimlich mit Waffen handelte und seine Geschäfte weit bis über den Globus bekannt waren. Er lebte schon lange in London – so erfuhr man – und machte hier unentdeckt seine Nebengeschäfte. Aber wer hatte Interesse, ihn zu töten und warum? Vor allen Dingen, wie brachte man ihn um? Der Tote verbreitete einen recht unangenehmen Gestank. „Eigentlich ungewöhnlich für einen gerade Ermordeten", sagte Tom. Sie riefen einen Leichenwagen. der den Toten sofort zur Untersuchung in die Obduktion brachte. Die Inspektoren fuhren zurück in ihr Büro und warteten auf Ergebnisse. Die Zeit verging und langsam wurde Henry unruhig. „Mann, das zieht sich heute aber wie Kaugummi hin. Möchte wissen was die alles untersuchen." Weitere Stunden später klingelte endlich das Telefon. Henry nahm den Hörer ab und wartete gespannt auf Informationen. „Reden sie schon Doktor, was haben sie herausgefunden?" Zunächst war Stille am anderen Ende der Leitung. „Tja, was soll ich sagen", sprach der Arzt von der Leichenbeschau. „Der Mann weist keinerlei Spuren eines Kampfes auf. Keine Einstichstellen, keine Würgemale, keine Einschusslöcher. Nichts." „Ja danke. Und wie soll es weiter gehen?" „Wir müssen solange suchen, bis wir wissen, wie er ums Leben kam, Inspektor. Das wird einige Zeit dauern, bitte noch Geduld." „Danke Doktor", antwortete Blake, „wir haben ja eh nichts zu tun. Bis die das von der Pathologie rausbekommen haben, ist die Leiche verfault", witzelte der Inspektor. Die Tage vergingen und nichts tat sich. Eines Morgens meldete sich Dr. Braun: „Hallo Leute, es kann weitergehen. Im Fall Opa 75 haben wir ein unglaubliches Ergebnis vorzuweisen." Inspektor Blake wurde ungeduldig: „Jetzt rücken sie endlich raus mit der Sprache, Doktor!" „Tja, wie soll ich es nur sagen? Es ist so", druckste der Arzt herum, „der Tote wurde quasi von innen in die Luft gejagt. Der Darm ist total zerfetzt. Die gesamten inneren Organe sind zerstört." „Anhand des Geruchs merkte man schon, dass was nicht stimmte", sagte Inspektor Sidney. „Aber wie sollen wir das verstehen?"

„Es wurde ihm ein Zäpfchen verpasst, das mit einem Zeitzünder per Funk aktiviert wurde", sagte Braun, ein außerordentlich guter Pathologe. Aber hier verlor er fast den Verstand, denn er konnte nicht begreifen, wozu Menschen im Stande sind. Der Arzt erklärte weiter: „Es handelt sich hier um eine kleine Kapsel in der Form eines Zäpfchens, das mit hochaktivem Sprengstoff gefüllt war." „Und wer hat sie ihm in den Darm gesteckt?", fragte Henry Blake. „Ich werde hier meine Arbeit beenden", sagte der Arzt. „Mehr kann ich nicht tun." Die Inspektoren hatten jetzt Arbeit vor sich. Blake und Sidney mussten draußen Luft holen, denn einen solchen abartigen Mord hatten sie noch nicht aufklären müssen. Mit welchen Leuten hatte Hoffmann zu tun gehabt? Wer war zuletzt bei ihm oder wo war er? Da er seit Jahren heimlich mit Waffen handelte, konnte man sich eigentlich denken, was dahinter stecken könnte. Sie durchsuchten seine Wohnung. Ein paar Telefonnummern und einige Zettel mit Namen waren die Ausbeute. „Warten Sie, Henry", sagte Tom, „Lassen Sie uns in den riesigen Schrank schauen, der in seinem Schlafzimmer steht." „Klar doch, hätte ich fast vergessen", antwortete sein Kollege. Als sie die riesige Tür öffneten, fiel ihnen ein Koffer aus den 1920'er Jahren auf. Tom ließ nicht locker und brach den verschlossenen Koffer auf. Bündelweise fielen ihnen die Geldscheine entgegen. Henry war nicht mal überrascht, denn in den Kreisen, in denen sich der Tote bewegte, wurde mit viel Geld gearbeitet. Waffenhandel musste schnell und mit Barem bearbeitet werden. Henry Blake und Tom Sidney stöberten jetzt erst recht überall nach irgendwelchen Hinweisen, die zur Aufklärung des Mordes führen könnte. Sie nahmen alles auseinander, bis einer der beiden schließlich eine Liste mit Namen fand, die zwischen den Geldbündeln versteckt war. Sie schlossen alles hinter sich ab und die eigentliche Arbeit begann für die

Inspektoren in ihrem Büro. Sie durchleuchteten jede Person, bis sie auf einen Unternehmer stießen, mit dem sie nie gerechnet hätten. Niclas Dimitrius. Ein eigentlich unauffälliger Mann, der mit seiner Lebensmittelfirma weltweit bekannt war. Er verkaufte seine berühmten Dimitrius Brotaufstriche recht gut. Ein reicher Mann, der eigentlich mit seinem Leben zufrieden sein musste. Inspektor Blake ließ ihn auf Herz und Nieren überprüfen. Wie erwarten stellte sich heraus, dass Dimitrius mit Waffen handelte, wie Justus Hoffmann auch. „Aber was hatten sie gemeinsam?", sagte Tom. „Ist doch klar", antwortete Blake. „Sie handelten beide mit Waffen. Hoffmann besorgte sie, wenn die Nachfrage dafür da war. Justus war durch seine Geschäfte aber auch mit den Geschäften des Waffenhandels gut bekannt. Das hatte ihm das Leben gekostet." Die Inspektoren forschten weiter. Es stellte sich heraus, dass Hoffmann auch im Drogenhandel kräftig mitmischte und ganz in den kriminellen Abgrund abgerutscht war. Er wurde von jemandem ermordet, der es arg nötig hatte. Henry Blake und Tom Sidney kamen zu der Überzeugung, dass dieser perverse Mord nur in der Drogenszene geschehen konnte. Tom sagte: „Wo sollen wir denn da suchen? Wo sollen wir anfangen?" Henry überlegte. „Lass uns einmal versuchen, logisch die Sache aufzurollen. Das viele Geld. Wir müssen unbedingt noch einmal in die Wohnung", sagte Inspektor Blake schon fast resigniert. Sie fuhren los, aber mit einem schlechten Gefühl im Magen. „Irgendwas erwartet uns noch, ich weiß aber nicht was es genau ist", meinte Tom. „Dieser verfluchte Regen!", regte sich Henry auf. „Man sieht die Hand vor Augen nicht und warum müssen heute alle gleichzeitig mit dem Auto fahren? Es ist einfach zum kotzen." „Aber Inspektor", versuchte Tom ihn zu beruhigen, „die neuen Scheibenwischer liegen im Kofferraum, wir hätten dran denken müssen." An der Eigentumswohnung des Justus Hoffmann angekommen, ahnten die beiden schon etwas. Die Tür war angelehnt, das Siegel abgerissen. Vorsichtig traten sie ein. Da sie von Berufswegen Leisetreter waren, wenn sie in eine Wohnung gingen, hörte der Mann nicht, dass sie hinter ihm standen. Er war Anfang 30, völlig heruntergekommen und wühlte in den Unterlagen herum. „Bleiben Sie still stehen und drehen Sie sich langsam um, wenn Sie ihre Waffe, sofern Sie eine besitzen, fallengelassen haben!" Langsam, mit zitterndem Körper drehte sich der Mann zu den Inspektoren um. Er nahm die Hände hoch und ließ sich bereitwillig untersuchen. „Wer sind sie?", fragte Tom leise. „Ich heiße Fred Bailys. Hoffmann hat mit versprochen, an Heroin zu kommen, ich brauche es dringend." „Wo waren sie vor zwei Wochen um 12.54 Uhr?", fragte Henry Blake. „Woher soll ich das denn jetzt noch wissen", zitterte der Mann herum. „Erinnern sie sich gefälligst, es geht hier um einen gemeinen Mord." Der Mann wirkte ängstlich und begann vorsichtig an zu reden: „Ich habe ihn nicht getötet, aber ich kann Ihnen andere Dinge erzählen, die Ihnen eventuell weiter helfen können. Ich lernte Hoffmann auf einer Wohltätigkeitsveranstaltung kennen. Hier in London natürlich. Ich wusste aber auch, dass dort insgeheim Geschäfte getätigt wurden, die nicht sauber waren. Hier wurde mit Millionen jongliert. Justus schmierte den jungen Leuten Honig ums Maul und verteilte kostenlos Kokainproben. Hinzu kam, dass auf diesen Veranstaltungen auch miese Waffengeschäfte abgehandelt wurden." „Kaum vorstellbar", sagten beide Inspektoren. „Aber warum sind Sie hier eingebrochen?" „Die Tür war auf, da hat vor mir auch jemand versucht, es ihm heimzuzahlen", sagte Fred Baleys. „Hoffmann hat mich, wie auch viele andere, mit seinen Heroinproben abhängig gemacht. Er verteilte sie immer wieder an die Abhängigen, die dann schmutzige

Arbeiten für ihn erledigen mussten. Ja, dieses Schwein hat mich zu einem Kriminellen gemacht. Ich hasse ihn. Ja, ich brauche Geld, viel Geld für Heroin und Kokain. Er hatte dieses Geld. Jeder wusste, dass er die Scheine Bündelweise in seiner Wohnung hortete. Ich wollte heute zu ihm und ihn um einen Kredit bitten, der ihm nicht wehgetan hätte. Als ich sah, dass die Tür offen stand, wollte ich mich selbstverständlich bedienen, ich gebe es zu. Selbst er hatte bei vielen Geschäftsleuten Schulden. Er konnte zwar bezahlen, hat es aber immer darauf ankommen lassen. Er gab im Ausland Waffenbestellungen für seine Kunden auf, die mittlerweile fast auf dem ganzen Globus verteilt waren, Waffen, die er in einem alten Lagerhaus am Hafen deponierte. Auch die Drogen versteckte er hier", sagte der Mann, der sein Zittern nicht mehr unter Kontrolle hatte. „Aber gerade, weil es um diese schmutzigen Geschäfte ging, hätte er besser aufpassen müssen. Immer wieder legte er es darauf an." Nachdem die Inspektoren dem Drogenkranken Mann erzählt hatten, wie Hoffmann starb, sagte dieser: „Wissen sie, sein Umfeld ist sehr groß gewesen, da suchen Sie die Nadel im Heuhaufen." Inspektor Blake entgegnete: „Sie haben Recht, das wird im Sand verlaufen." „Wo sollten wir anfangen zu suchen?", meinte Tom. „Vermutlich müssten wir in Russland, China und der Türkei suchen, denn von dort hat Hoffmann die größten Waffen- und Drogenlieferungen bekommen. Wissen Sie, Baleys, in Ihrem Fall werden wir ein Auge zudrücken, denn wir haben keine Drogen bei Ihnen gefunden." Die Inspektoren schlossen den Fall als unlösbar ab. Außerdem war er ihnen einige Nummern zu groß. Sie fuhren mit dem alten Austin in ihr Büro und schlossen die Akte Justus Hoffmann für immer.

Sylt – Mord unter Deck

Schweißgebadet wachte Kriminalhauptkommissar Jens Petersen um 7 Uhr auf. „Ulla!", schrie er, „ich habe verschlafen!" Jedoch waren seine Frau Ulla und Tochter Roberta auf Mallorca. „Was wollen die beiden auf Mallorca? Sylt ist die schönste Insel", grummelte Petersen. Es war ein Gewinn für zwei Personen. Sieben Tage Malle mit allem Drum und Dran. „Moin!", rief Petersen in die Runde auf der Wache in Westerland. „Schlecht geschlafen, Herr Kollege?", fragte Kommissar Friedrichsen. „Ach, Ulla ist im Urlaub. Ich habe von einem Mord in List geträumt und dachte, ich hätte verschlafen", so Petersen. „Hier ist doch sowieso nichts los", sagte Praktikant Hannes Hansen kleinlaut. „Irrtum, Herr Oberkommissar in Wartestellung! Nicht in List ist etwas los, sondern in Munkmarsch. Meine Herren, ab zum Einsatzort!", entgegnete Friedrichsen. Im Hafen von Munkmarsch angekommen, zeigte Kellner Sörensen auf die Motoryacht „Anna Nass". „Der Gast wollte bereits vor dem gestrigen Sturm im Hafen anlegen, nun liegt er bei Ebbe und Flut am Watt. Die Yacht war leicht gekippt und lag nun trocken. „Wie kommen wir nun zu diesem Schiff?", fragte Praktikant Hansen. „Na zu Fuß, Hannes, außerdem ist das kein Schiff sondern eine Yacht. Nun hole die Gummistiefel aus dem Auto", ordnete Kriminalhauptkommissar Jens Petersen an. „Ich habe auch die Leiter mitgebracht!", rief Hannes Hansen stolz. „Aus dir wird noch ein echter Oberkommissar – nach der Wartestellung", lachte Petersen. Auf der Yacht wartete jedoch eine Überraschung. Sie fanden den leblosen Körper von Dirk van Bertram, sein Kopf schwamm in einer Blutlache. Der Tote lag auf dem Bauch. Die Untersuchung begann. „Vergiss die Handschuhe nicht, Hannes!", rief der erfahrene Kommissar Petersen seinem Praktikanten zu. „Hier liegt eine Brieftasche. Der Name des Toten ist Dirk van Bertram. Seltsam, 2500 Euro sind im Scheinfach. Wollte die der Mörder etwa nicht?", wunderte sich Hannes Hansen. „Es muss ja kein Mord sein, Hannes", entgegnete Petersen. „Er wird sich doch nicht selbst einen auf die Mütze gegeben haben!", sagte der Praktikant. „Apropos Mütze, eine Kapitänsmütze lag auf dem Deck", so Petersen. Er rief Dr. Knudsen in Keitum an, um den Toten untersuchen zu lassen. Nach zwei Stunden hatten beide die Yacht auf den Kopf gestellt. Nichts Auffälliges konnten sie finden. „Hannes, hole den Dok aus Keitum ab, er ist jetzt in seiner Praxis", sagte Petersen. „Chef, die Flut ist gekommen. Soll ich das kleine Schiff nehmen?", fragte Hannes Hansen. „Das ist ein Boot, du Tütkopp, ein Schlauchboot mit Motor!", rief Petersen. „Spaß, Chef, war doch nur Spaß!" „Moin, Jens. Was kann ich für dich tun?", fragte Dr. Knudsen. „Ach, ich sehe es schon." Dr. Knudsen drehte den Toten auf den Rücken. „Hier ist ja noch eine Brieftasche zu finden!", rief Hannes Hansen. „Ja, da schau an. Na, der Fall wird wohl sehr einfach zu lösen sein. Herbert Hövel gehört die Brieftasche. Ausweis, Führerschein und 200 Euro sind darin", freute sich Kriminalhauptkommissar Petersen. „War es ein Unfall oder ein Mord, Dok?", fragte der Praktikant. „Es war ein Schlag auf die Schläfe, sucht nach entsprechenden Gegenständen", so der Doktor. „Tja, da haben wir viele Möglichkeiten. Hier liegen Sektflaschen, schwere Bierkrüge, Werkzeuge und sogar ein Toaster herum", der Kommissar fuhr sich durch die Haare. „Es kann ein Unfall gewesen sein, verdächtig ist die zweite Brieftasche", so Petersen weiter. Zurück in der Wache schrieb Kriminalhauptkommissar Jens Petersen seinen Bericht. „ ... es wurde eine weitere Brieftasche gefunden, mit Ausweispapieren von Herrn Herbert Hövel", murmelte Petersen. „Herbert Hövel?", fragte Kommissar Friedrichsen, der gegenüber saß. „Den haben wir vor zwei Stunden aus einer Bar abgeholt. Er konnte die Zeche nicht bezahlen", so Friedrichsen weiter. „Dann haben wir ein Problem. Vielleicht war es doch ein Unfall", überlegte Petersen. Nachfolgende Recherchen ergaben, dass sich Herbert Hövel und Dirk van Bertram gut kannten. Dirk van Bertram war Diamantenhändler und Herbert Hövel Kurier. Herbert Hövel gab an, nachts noch vor dem Sturm eine Tour durch die Whisky-Meile unternommen zu haben. Nach dem Abendessen in Munkmarsch steckte van Bertram wohl aus Versehen Hövels Brieftasche ein. Hövel konnte seine Aussage belegen und wurde frei gelassen. „Nun, dann wird van Bertram durch den heftigen Seegang im Sturm gestürzt sein. So hat er sich dann wohl die Kopfwunde zugezogen", vermutete Jens Petersen. „Das ist ja wieder ein langweiliger Fall", murmelte Praktikant Hannes Hansen. „Auf keinem der Gegenstände sind Spuren zu finden", sagte der Doktor, der seinen Bericht abgeben wollte. „Aber von so vielen Flaschen Rum und Champagner bin ich ganz besurpen, nehmt bloß keine Blutprobe bei mir!", lachte er. „Wenn Sie wieder nüchtern sind, dann sagen Sie, ob Ihnen sonst nichts aufgefallen ist", sagte Friedrichsen. „Wenn Sie so fragen, eine Gürtelschlaufe ist gerissen. Aber das wird wohl nicht wichtig sein, obwohl, es ist eine Qualitätshose von Boss", ergänzte Knudsen. „Hannes, zeige noch einmal die Brieftasche vom Opfer!", rief Petersen. „Schaut einmal, hier ist eine Öse, es könnte eine Kette angebracht gewesen sein", so Petersen weiter. „Genau, und diese ist an der Gürtelschlaufe befestigt gewesen", überlegte Dr. Knudsen. „Dann sucht die Kette!", ordnete Friedrichsen an. Die Yacht lag im Hafen von Munkmarsch. Kriminalhauptkommissar Jens Petersen und Praktikant Hannes Hansen zerlegten nun alles. „Was vermuten Sie, Chef?", fragte Hansen. „Nun, entweder wollte der Tote seine Brieftasche mit einer Kette sichern oder es war etwas an der Kette, was abgerissen wurde", sagte Petersen. „Finden wir die Kette, dann ist der Fall abgeschlossen und du hast pünktlich Feierabend!" „Boa, das ist ja Luxus pur, der LED-Fernseher verschwindet auf Knopfdruck hinter eine Wand!", rief Hannes. „Und? Suche weiter!", rief Petersen. „Ja, dieses Bild müsste eigentlich dort hängen, hier ist der Haken zum Aufhängen", staunte Hannes Hansen. „Chef, da ist ein Tresor hinter dem Fernseher!", schrie der Praktikant. Am Tresor war ein Schlüssel eingesteckt. Am Schlüssel hing eine Kette. Es war die gesuchte Kette. Jetzt war es wahrscheinlicher, dass es sich doch um Mord handelte. Die Kette mit Schlüssel könnte bei einem Kampf abgerissen worden sein. „Diamanten, 2.500 Euro in der Brieftasche, Alibis, hier stimmt doch etwas nicht", analysierte Jens Petersen. Petersen ordnete die Überwachung von Herbert Hövel an. Der tourte immer noch in der Whisky-Meile umher. Jetzt war er in ständiger Begleitung eines jungen Mannes. „Das ist alles sehr verdächtig. Lasst uns Undercover arbeiten", sagte Petersen auf der Wache. „Ich erledige das!", rief Praktikant Hannes Hansen. „Na, dann zeig mal, was du kannst, Herr Oberkommissar in Wartestellung", sagte Kommissar Friedrichsen. In der Bar wartete Hansen bis Herbert Hövel abgefüllt war. Dann kam die Gelegenheit, um mit Hövels Begleiter Kontakt aufzunehmen. Beide schwärmten für Ferrari, Rolex und Frauen. „Ich bin der Siggi. Lass uns noch einen heben, mein Vater ist ja schon fertig mit der Welt!", sagte Siggi Hövel, dessen Name ja nun bekannt wurde. „Ja, eine Rolex hätte ich auch gern", schwärmte Hannes Hansen. „Die kann ich alle kaufen, alle! Schau her, ein ganzes Säckchen Diamanten. Mein Vater und ich handeln damit. Uns gehört die Welt!", ritt sich Siggi in die Falle. Noch in der gleichen Stunde wurden Vater und Sohn Hövel festgenommen. Beide gestanden, die Geschichte vorgetäuscht zu haben, um an die Diamanten zu kommen. Was interessieren 2.500 Euro, die Diamanten hatten einen Wert von einer Million. Siggi Hövel erschlug Dirk van Bertram und raubte die Diamanten. Die Tatwaffe, ein Flasche Rum, warf er über Bord. Der Fall war gelöst. „Endlich einmal Action!", rief Praktikant Hannes Hansen.

Mord in London

Einsam lief sie durch die Straßen von London. Jane war eine aufgeschlossene, junge Frau, die für ihr Alter von 25 Jahren schon einiges hinter sich gebracht hatte. Sie studierte Physik und war auf dem Weg zu ihrer kleinen Kellerwohnung im Herzen der Londoner East-Ends. Einst wurde diese Straße gebaut, um die große Anzahl von Seidenwebern unterbringen zu können. Heute ist diese Straße das Zentrum der wachsenden Industrie. Jane McNeal lief langsam. Die Straße zu ihrer Wohnung war schlecht beleuchtet und das alte Pflaster lud zum Stolpern ein. Plötzlich hörte sie hinter sich Schritte. Erst gemächlich, dann immer kraftvoller und schneller. Jane bekam Angst. Sie drehte sich um, aber nichts war zu sehen. Sie ging weiter, aber die Angst saß ihr im Nacken. Plötzlich ein dumpfer Schlag, ein leises Aufstöhnen und Jane lag in ihrer Blutlache. Durch diesen Schlag auf den Schädel war sie sofort tot. Die Schritte des Täters verhallten in der Dunkelheit und er verschwand ungesehen.

Inspektor Dennis Hopkins war gerade dabei seinen morgendlichen, starken Kaffee in seinem Büro zu trinken, als ihm die Meldung vom Mord des jungen Mädchens auf den Schreibtisch flatterte. Sein Assistent Jim Laurel und er machten sich auf den Weg zum Tatort. Hopkins hatte kaum geschlafen. Probleme mit seiner Frau raubten ihm den letzten Nerv. Nach so vielen Jahren Ehe nicht verwunderlich, denn seine Frau ist älter als er und hat kein Verständnis, wenn er ständig nur im Büro sitzt und irgendwelche Fälle durchkaut, die nicht gelöst wurden. Jane McNeal lag in ihrem Blut, eine junge Frau, die voller Tatendrang und Lebensmut war. Heimtückisch von hinten erschlagen. Hopkins war entsetzt, er hatte schon viel im Laufe seiner Zeit als Inspektor gesehen, aber da blieb ihm die Luft weg. Er musste wegschauen, denn es war mehr als grausam. Der Schädel des Mädchens war total zertrümmert, sodass die Gehirnmasse austrat. „Bitte sichern sie den Tatort und suchen sie nach Hinweisen, die eventuell auf den Täter schließen könnten.", sagte Dennis Hopkins. Der Inspektor war schneeweiß im Gesicht als er in seinen fünfzehn Jahre alten Mini Cooper einstieg. Er hing an dem Auto und wollte ihn solange fahren, bis er letztlich komplett auseinander fallen würde. Er konnte einfach nicht glauben, was er gerade gesehen hatte. Ausgerechnet Hopkins lebte mit seiner Frau in der Fournier Street in London, wo Jack the Ripper im 19. Jahrhundert sein Unwesen getrieben haben soll. Eigenartig war es schon. Die ganze Nacht hindurch grübelte er über diesen Fall nach. Am folgenden Morgen im Büro beauftragte er Jim Laurel herauszubekommen, wo das Mädchen wohnte, was es machte und wer mit ihr Kontakt hatte. Die Obduktion der Leiche ergab, dass der Täter brutal vorgegangen war. Hinterrücks erschlug er sie mit einer Eisenstange. Demnach zu urteilen, wie der Schädel aufgeplatzt war, muss es ein Gegenstand aus Eisen gewesen sein. Hopkins war fassungslos. So ein brutales Vorgehen ist ihm in seiner ganzen Laufbahn als Kriminaloberinspektor noch nicht untergekommen. Wer war der Täter? Wie sah er aus? Wo war er zu finden? So schnell wie möglich musste dieses Monster gefasst werden.

Vorsichtig klopfte Jim Laurel um die Mittagszeit an die Bürotür seines Chefs, denn dieser hatte die Angewohnheit, um diese Zeit in seinem Sessel ein Nickerchen zu machen. Hopkins rief: „Herein! Kommen sie endlich rein Jim." Laurel trat ein und platze auch direkt heraus mit den Informationen. Jane McNeal war Studentin, ledig, wohnte ganz allein, hatte aber einige Studienbekanntschaften und ging regelmäßig in die Kirche. Pater Tom Watson nahm ihr regelmäßig die Beichte ab. Sie war in einem sehr konservativen Elternhaus aufgewachsen. Alle gingen dort in die Kirche. Das Beichten gehörte dazu. Dennis Hopkins wurde ungehalten und ranzte Laurel an: „Schön und gut, mehr haben sie nicht herausbekommen?" Jim antwortete: „Nein, fürs Erste ist es das. Aber ich bleibe dran und werde sie informieren, sobald ich mehr in Erfahrung gebracht habe." Hopkins entschuldigte sich für seinen schroffen Tonfall und sagte: „Dieser Mord geht an die Grenze meines klaren Verstandes. Da ich sowieso in ein paar Wochen in Rente gehe, werde ich mich sofort nach Aufklärung des Falles zur Ruhe setzen." Laurel konnte Hopkins in dieser Hinsicht verstehen. „Wissen Sie eigentlich Jim, dass sie mein Nachfolger werden?", sprach Dennis Hopkins. Ungläubig schüttelte Laurel den Kopf und stotterte: „Neeein? Ich dachte es..." Mit einem Grinsen im Gesicht sagte Hopkins darauf: „Ach Mensch, wenn sie schon anfangen zu denken."

Das Telefon klingelte. Die Pathologie meldete sich mit einer interessanten Neuigkeit. Der Gegenstand mit dem Jane erschlagen wurde, muss eine spitze, lange Unterkante gehabt haben. Nicht, wie man erst vermutete eine Eisenstange, sondern eher eine Tatwaffe aus Holz. Das hilft wohl auch nicht direkt weiter, aber immerhin besser als nichts, meinte Hopkins. Laurel fand noch ein paar Tage später heraus, dass Jane kaum Freunde hatte, da sie sich total in ihrer Wohnung nach den Vorlesungen einigelte. Was wohl auffällig war, dass sie einmal in der Woche zum Beichten ging. Einer Nachbarin fiel auf, dass das Mädchen sehr blass war und ständig mit dem Blick nach unten einherging. Dennis Hopkins hörte sich an, was Jim zu sagen hatte und legte den Hörer auf. Der Inspektor und sein Assistent besprachen Pater Tom Watson mal einen Besuch abzustatten. Watson lebte sehr zurückgezogen auf einem alten Landsitz. Er hatte niemanden. Inspektor Hopkins und sein Assistent Jim Laurel bekamen die Informationen vom örtlichen Pfarramt. „Aber was soll Watson schon für Informationen haben? Was weiß er schon?", spekulierte der Inspektor.

Am Tag darauf fuhren Beide zum Landsitz des Paters. Watson war ein untersetzter, kleiner Mann. Lief ständig mit gefalteten Händen herum. Eigentlich eine nichtssagende Gestalt. Das alte Haus indem Watson lebte, war alt und hatte schon fast etwas Unheimliches. Die Beamten klopften an und baten mit dem Pater sprechen zu können. Tom Watson bat sie herein und fragte: „Was kann ich für sie tun?" Er war offensichtlich sehr nervös, was den Kriminalbeamten sofort auffiel. „Nun mal ganz sachte. Wir haben ein paar Fragen. Wissen sie eigentlich, dass Jane McNeal, eine Studentin, die regelmäßig von ihnen die Beichte abgenommen bekam, ermordet wurde?", sagte Laurel. Watson stotterte: „Nein..." Kaum unauffällig benahm sich der Pater. Hopkins und Laurel hatten vorläufig keine Fragen mehr und verabschiedeten sich erst mal höflich. Im Auto sagte Dennis Hopkins: „Ich kann mir nicht helfen Jim, aber irgendwie kommt mit der

Pater verdächtig vor.", Jim antwortete: „Den Eindruck hatte ich auch. Aber was können wir ihm vorhalten? Angeblich war er immer hier in seinem Haus." Beide waren sich sicher, hier würde etwas nicht stimmen. Laurel und Hopkins machten Feierabend, denn das was beide dachten, wollten sie vorläufig für sich behalten. Es konnte einfach nicht sein.

Am nächsten Tag flatterten neue Untersuchungsergebnisse dem Inspektor auf dem Schreibtisch. Seine Laune war genau so mies wie das Wetter in London. McNeal wurde nicht brutal erschlagen, sondern auch noch vergewaltigt. Warum musste ein junger Mensch sterben, damit ein Perverser sein Vergnügen hatte? Jim Laurel hatte keine neuen Erkenntnisse. Dennis Hopkins grübelte über seine Pension nach. Sollte wieder ein Fall als ungelöst auf seinem Schreibtisch landen? Nein, das durfte nicht sein, nicht dieser grausame Mord. Er musste noch, bevor er ging, den Mörder finden. Laurel und Hopkins besprachen das weitere Vorgehen. Keine Zeugen, keine Freunde des Mädchens. Was blieb da noch? Pater Watson? „Um Gottes Willen, das kann nicht sein...", dachte Jim. Am anderen Tag besuchten die beiden Beamten noch einmal Pater Watson, aber sie kamen nicht weiter. Wieder im Büro angekommen lag eine Nachricht für Hopkins auf dem Schreibtisch. Die Pathologie hatte sich noch einmal gemeldet. In den Resten des Schädels von Jane McNeal befand sich ein etwas dickerer Holzsplitter älteren Datums. Das heißt, die Tatwaffe muss aus Holz gewesen sein. Das Holz selbst ist, so unglaublich es klingen mag, auf das 16. Jahrhundert datiert worden. Hopkins schoss etwas durch den Kopf, was er aber sofort wieder verwarf. „Nein, das geht nicht.", dachte er. Tom Watson hielt gerade eine Messe als Hopkins und Laurel in die Kirche traten und sich hinten auf die Kirchbank setzten. Alles wurde still. Aber die Beamten blieben sitzen und sagten kein Ton. Pater

Watson wurde sichtlich nervös als er beide sah. Unauffällig leierte er seine Predigt herunter und setzte sich dann auf die hintere Bank zu den Polizisten. Wiedermal verlief das Gespräch ergebnislos und die beiden Beamten wussten wirklich keinen Rat mehr.

Im Büro angekommen analysierten beide noch einmal den Fall. Hopkins sprach: „Jim, lass uns mal ganz logisch und cool an die Sache herangehen." Jim antwortete verwirrt: „Wie meinst du das?" Hopkins erklärt: „Hast du in der Kirche das Kreuz gesehen, was über dem Altar hing? Ist dir denn nichts aufgefallen? Das Kreuz sah ganz schön ramponiert aus. Da fehlte ein gehöriges Stück." Hopkins rief in der Pathologie an und forderte schnellstmöglich die Lieferung des Holzstückes zu seinem Büro an. Seine Frau rief ausgerechnet jetzt an und machte ihm eine Szene am Telefon, dass er schon wieder so lange im Büro bleibe. Dennis wurde sauer. „Was denkst du denn, was ich hier mache verdammt nochmal? Ein junges Mädchen ist auf brutalste Weise ermordet worden und du keifst mich an! Nein, ich bleibe hier im Büro bis ich Klarheit habe. Wenigstens diesen Fall muss ich noch zu Ende bringen, bevor ich in Pension gehe.", sprach Watson zu seiner Frau. Damit war für ihn das Gespräch beendet. Inspektor Hopkins schlief vor Übermüdung an seinem Schreibtisch ein. „Hallo Dennis, guten Morgen.", rief Laurel. Hopkins schreckte hoch. „Jim, du glaubst nicht, welche Entdeckung ich heute Nacht gemacht habe.", sagte Hopkins. Dennis fuhr fort: „Du erinnerst dich an das Kreuz aus der Kirche? Das Stück Holz was dort fehlt, könnte das Teil aus der Pathologie sein. Wir nehmen das Holzstück jetzt mit zu Watson." Sie fuhren los. Bis zum Wohnhaus des Paters waren es wenige Kilometer. Watson war zu Hause. Er sah die beiden Polizisten und machte bereitwillig die Tür seines Landhauses auf. Der Pater glaubte immer noch mit einem blauen Auge davon zu kommen. Er war sich seiner Sache sicher. „Der Tod des Mädchens trat zwischen 14 und 16 Uhr am Nachmittag ein. Um diese Zeit sind sie nicht in der Kirche oder ihrem Haus gewesen. Das ergaben unsere Nachforschungen.", erklärte Hopkins. „Schön und gut, aber was wollen sie damit sagen?", fragte Watson. „Wir brauchen ein Alibi, lieber Pater. Wo waren sie? Außerdem ergab die Untersuchung der Leiche, dass Jane McNeal vergewaltigt wurde. Das Holzkreuz in der Kirche ist an der Unterseite zersplittert. Genau dieses Stück was dort fehlt, steckte im Kopf des Mädchens. Was sagen sie dazu, Watson? Jetzt bringt leugnen nichts mehr.", sprach Hopkins. Erschrocken antwortete der Pater: „Ich.., ich... habe mit dem Mord nichts zu tun!" Er zögerte, aber fing schließlich an und erklärte, dass er Jane einmal in der Woche die Beichte abnahm. „Sie war attraktiv, auch für mich. Dann musste ich ihr einfach nachgehen, erschlug sie von hinten und vergewaltigte sie danach. Bitte nehmen sich mich fest, was ich tat war des Teufels. Ich will nicht mehr leben.", gestand. Jim Laurel rannte aus dem Haus, er musste sich übergeben. Das war zu viel für ihn.

Pater Tom Watson wurde lebenslänglich eingesperrt und starb im Alter von 80 Jahren.

Geräusche - Achtung Aufnahme!

Cliff Tendays ist erfolgreicher Musikproduzent. Eigentlich war sein Name Piotr Berdenga, aber wer sollte sich diesen Namen in Chicago einprägen.

Auch heute ist sein Musikstudio wieder ausgebucht. Hank übernimmt das Mischpult. Aus den Anfangszeiten ist nur noch das rote Hinweisschild mit der Aufschrift: ACHTUNG AUFNAHME übriggeblieben, sowie der dazugehörige Schalter, damit es hell aufleuchtete.

Cliff sitzt im Büro... im Nebenraum, wird geprobt. Hören kann man nichts, alles ist gut isoliert. Die Eierkartons, die Cliff in den Anfängen einer Schallisolierung an die Wände klebte, sind längst ausgetauscht. In der Zeitung liest Cliff das Dan Briks aus der Haft entlassen wird. Ein Schauer fegt den Musik-Produzenten über dem Rücken. Er erinnert sich, es war dieses heruntergekommene Haus. Nun ist es ja renoviert. Aber Erinnerungen bleiben eben. Cliff war damals auf Namensuche und nach einem Musikstil, der zu ihm passte. Viele Aufnahmen stellte er her. Cliff spielte alle Instrumente selbst. Mischte sie auf dem damals neuen Mischpult ab. Es war sein ganzer Stolz. Er brachte es aus Paris mit. Die dritte Etage mietete Cliff. Die zweite ein älteres gehörloses Ehepaar. In der ersten Etage wohnte der Vermieter. In der Etage über Cliff hatte er nie jemanden gesehen.

„Dance with Dean" sollte sein großer Hit werden. Viele Probeaufnahmen waren schon auf Band. Für das Plattencover engagierte Cliff einen jungen Studenten mit einem Traumbody. Das sollte anlocken. Heute endlich... die finale Aufnahme. Alles klappte perfekt. Aufnahme, Abwicklung, Kontrolle. Aber was war da für ein Geräusch? Cliff ärgerte sich. Alles schien perfekt. Aufnahme, Abmischung, Kontrolle. Was war da für ein Geräusch?

Nun gut, also noch einmal und wieder diese Geräusche. Als gelernter Tonmischer kontrollierte er jede einzelne Tonspur. Da war es. Leise, aber eben als Störgeräusch zu hören. Er verstärkte das Signal mehr und mehr.

Jetzt war ein klägliches Jammern zu hören. „Helft mir, bitte!" Wie sollte dieses Geräusch durch die schallisolierten Wände dringen? Technisch unmöglich, so meint es Cliff. An Mystik oder andere Phänomene glaubt der Tontechniker nicht. Er blieb logisch denkend. Das Geräusch war sauber analysiert. Nun stellte Cliff seine Mikrophone im ganzen Raum auf. Er richtete sie auf alle Wände, den Boden und die Decke. Treffer. Von oben kamen die Hilferufe. Er rief die Polizei. Sie brachen die Tür der oberen Etage auf und fanden eine junge Frau. Sie wurde gefangen gehalten und misshandelt. Mit einer Gabel kratzte sie den Fußboden auf, legte den Teppich drüber, wenn ihr Peiniger zu ihr kam. Sie war am Fuß angekettet, kam nicht bis zur Tür und nicht zum Fenster. Mit einem Stahldraht am Hals bekam sie zwar Luft, aber konnte nicht um Hilfe rufen. Heute war endlich der Tag, an dem sie den Holzfußboden durch hatte. Es war ein kleines Loch. Man hätte sie viel eher hören können, aber die Schalldämmung verhinderte es. Dan Bricks, wurde verhaftet. Cliff hatte mit dem Musikstück Erfolg. Zehn Tage war es in Amerika auf Platz 1. Die junge Frau, die wir hier nicht nennen wollen, besucht Cliff einmal im Jahr.

Der Sheriff in Rünthe!

Hans Schemberg

... und damals in Rünthe!

... und damals in Rünthe!

... und damals in Rünthe!

SONDERDEZERNAT HÖRNUM 1

Inkl. Sylt-Fotostrecke in SW, sowie Urlaubstipps: Die Bibliothek in Westerland und Ziele auf Sylt mit Handicap erreichen (Auszug aus dem Buch). Außerdem: Was Sie vielleicht über Sylt nicht wussten!

ISBN 9-78374-4-89969-7

Vorwort

Sie erleben die Gründung des **SONDERDEZERNAT Hi.**

Was hat es mit der UFO-Sichtung auf sich? In den 1960'er Jahren fuhren Polizeibeamte auch noch mit der Sylter-Inselbahn.

13 spannende Geschichten beinhaltet das Buch **SONDERDEZERNAT Hi**, unter der Mitwirkung von Kommissar Hans Schemberg, sowie Gastautor KOLI aus Tinnum. Zeitlich reichen die Geschichten von 1964 bis in die Gegenwart und darüber hinaus.

Außerdem finden Sie Sylt-Fotostrecken, Infos über die Bibliothek in Westerland, die Vorstellung von SYLT – MIT DEM ROLLSTUHL ERLEBEN, auf Initiative von Kommissar Schemberg. Abgerundet wird der Sonderband mit Informationen über Sylt, die Sie vielleicht noch nicht kannten (von Wolfgang Kolrep, Tinnum).

Inhalt

Seite 78: SO DEZERNAT H1 – Die Gründung

Seite 82: Inseldiamanten

Seite 85: Mord auf Platz 18

Seite 87: Der Tote am Ellenbogen

Seite 91: Mörderische Gedanken

Seite 97: Kurzer Prozess mit der Mafia

Seite 99: Ein Glas zu viel

Seite 103: Nur ein Wellenschlag

Seite 107: Missbraucht und entsorgt

Seite 111: Roswell auf Sylt

Seite 114: Sein letzter Fall

Seite 118: Annas Fall

Seite 121: SYLT – Mord unter Deck

ab Seite 132: Bibliothek, SYLT – MIT DEM ROLLSTUHL ERLEBEN und

Informationen über die Insel

Kommissar Hans Schemberg, Onkel des Autors Uwe H. Sültz.

SONDERDEZERNAT H 1 – Die Gründung

Seinen Colt trug er locker im Halfter. Den Hut trug er tief ins Gesicht gezogen. Der lässige Gang dazu. Und jeden Morgen stieg er in die riesige schnaufende Eisenbahn, um ins Sheriff Office zu kommen. Genau so stellte sich der 8 jährige Martin den Job seines Vaters vor... genau so!

Nun, so war der Beruf von Kriminalhauptmeister Werner Feddersen nun wirklich nicht, ganz im Gegenteil. Familie Feddersen wohnte in Hörnum auf Sylt. Zurzeit taten zwei Polizeibeamte in der Dienststelle Süd ihren Dienst. Es war Anfang der 1960'er Jahre. Jeden Tag fuhr Kriminalhauptmeister Feddersen mit der Sylter-Inselbahn bis Westerland, in der dortigen Dienststelle wurden Neuigkeiten ausgetauscht. Von dort ging es dann weiter bis nach List. Wenn Kriminalhauptmeister Feddersen dann endlich wieder bei seiner Familie war, waren die Stiefel und die Uniform vollkommen sandig. Seine Browning HP ließ er meist verschlossen im Waffenschrank zu Hause. Seine Frau Sabine brachte zunächst einmal die komplette Dienstkleidung wieder in Ordnung, während ihr Mann das Mittagessen verschlang und auf die vielen Fragen seines Sohnes eingehen musste. „Papa, musstest du heute deine Waffe benutzen? Wie weit schießt eigentlich so eine Browning? Und was heißt HP?", Martin war jeden Tag von diesem Beruf beeindruckt und vom Vater sehr fasziniert. „Nein Sohn, auch heute waren alle auf der Insel so brav wie du. Da musste ich weder jemanden verhaften, noch einsperren. Und das Schießeisen sollte man am besten nie benutzen. Das HP bedeutet übrigens High Power.", antwortete der Vater. „Ja, High Power kenne ich aus meinen Batman-Heften. Und so eine Kanone hat mein Vater auch." Stolz machte sich Martin auf in sein Zimmer um in seinen Comic-Heften zu lesen.

„War es wirklich ein ruhiger Tag?", fragte Sabine. „Eigentlich schon, Schatz. Ich telefonierte heute mit Hans in NRW. Er fragte mich, ob ich mit dem Schießeisen gut auskommen würde, dabei habe ich doch noch gar nicht damit geschossen.", lachte Werner. „Hoffentlich stellt man unserer Dienststelle bald einen Dienstwagen zu Verfügung. Demnächst sind auch Aufgaben auf dem Festland zu erledigen.", so Werner weiter.

Werner und Hans Schemberg, mit dem heute telefoniert wurde, kennen sich aus dem zweiten Weltkrieg. Beide sind jetzt 42 Jahre alt und dienten auf dem Schlachtschiff Tierpitz. Beide hatten das große Glück, ausgerechnet an dem Tag, als die Tierpitz 1944 im Krieg versenkt worden ist, an Land gewesen zu sein. Hans Schemberg ging dann zur Polizei in NRW und Werner trieb es durch die Liebe in den Norden. Freunde sind sie ein Leben lang und werden es nach den Erlebnissen immer bleiben.

Was Werner seiner Frau nicht sagte, dass es immer mehr Schmuggler an den Häfen gab. Ein Polizeibeamter wurde in List gestern Abend zusammengeschlagen. Die vier Dienststellenleiter von Hörnum, List, Keitum und Westerland trafen sich daher öfter, um über eine bessere Koordination und ein schnelleres Eingreifen zu diskutieren. Beim nächsten Treffen wurde auch der Dienstleiter der Wasserschutzpolizei von Schleswig-Holstein eingeladen.

Der Alltag von Kriminalhauptmeister Feddersen war also doch eher trist bis Anfang der 1960'er Jahre. Dann kam der große Boom auf die Insel, damit auch ganz neue Probleme. Am Morgen des 6. Juni 1964 wurde Kriminalhauptmeister Feddersen zu einem Tatort in Tinnum gerufen. Übrigens hatte der Kommissar nun seinen ersten Dienstwagen, einen VW Käfer. Ein Urlauber wurde durch einen viel zu schnell fahrenden Wagen angefahren. Leider überlebte der Urlauber nicht. Alle warteten auf Kriminalhauptmeister Feddersen. „Moin, Herr Kriminalhauptmeister. Können wir den Toten abholen lassen?", fragte ein Beamter der Dienststelle Westerland. „Ich will erst noch einen Blick werfen.", entgegnete Feddersen. Der Mann wurde auf dem Bürgersteig erwischt. War es Alkohol am Steuer? Es gab keine Bremsspuren. Der Bordstein war beschädigt. Kriminalhauptmeister Feddersen fiel weiterhin auf, dass die Armbanduhr des Toten blaue Lackspuren aufwies. „Lagebesprechung in der Dienststelle.", ordnete Feddersen an. „Was haben wir? Fahrerflucht. Einen Lacksplitter in Blaumetallic. Seitdem Sylt boomt ist hier die Hölle los. Alkohol am Steuer. Geschwindigkeitsüberhöhung. Einbrüche und unser Schmuggelproblem.", fasste Kriminalhauptmeister Feddersen zusammen. „Wir müssen uns zusammenschließen, auch mit der Wasserschutzpolizei. Lasst uns ein Dezernat gründen und beantragen.", so Feddersen weiter. „Dann brauchen wir ein Morddezernat, ein Umweltdezernat, ein Schmuggeldezernat…!", sagte ein Kollege. „Halt, halt, Jürgen! Machen wir es kurz", schlug Feddersen vor, „ ich dachte dann an ein Sonderdezernat für alle unsere Belange." „Du hattest ja immer schon die Idee und hast dein Hörnum mit dem Hafen gut im Griff. Dann schlage ich Sonderdezernat H1 vor. H wie Hörnum.", sagte Kriminalobermeister Gerd Hamelau aus List. Alle waren sich darüber einig und einigten sich auch, auf Kriminalhauptmeister Feddersen als Dezernatsleiter.

Einige Tage später fuhren Sabine und Werner Feddersen zum Essen nach Westerland. Danach gab es noch ein gutes Glas Wein in Kampen. Hier war ordentlich etwas los. Schicke und teure Autos, Champagner, ein Outfit eleganter als das andere. An der Bar bestellten beide ein Glas Wein und freuen sich auf das neu gegründete Sonderdezernat H1. Aber so richtig freuten sich die Eheleute nicht in dieser Umgebung. „Werner, lass' uns gleich nach Hause fahren, das ist doch nicht unser Ding hier.", sagte Sabine. „Du hast Recht, nehmen wir lieber gemütlich noch ein Glas Wein bei uns, mein Schatz.", so Werner. „Aber warte einmal, ich habe da etwas bemerkt, gehe bitte schon zu unserem Auto."

Sabine verlässt die Bar, Werner bezahlt und geht dann auf einen Mann zu, der sich eine Zigarre mit einem Hundertmarkschein anzündet. „Moin, Kriminalhauptmeister Feddersen, Kripo Sylt." „Was ist los, ist das etwa verboten?", motzt der Gast. „Nein, aber ich rieche Heroin. Gegen das Verbrennen von ihrem Geld ist nichts einzuwenden. Weisen sie sich bitte aus.", so der Kriminalhauptmeister. „Hab' jetzt nichts dabei, alles im Porsche.", schnauzte der Mann. „Dann gehen wir jetzt zu ihrem Wagen.", ordnet Feddersen an.

Am Porsche 911 angekommen, öffnete der Mann seinen Kofferraum vorne und griff nach seiner Jacke. „Was ist das denn? Hat ihnen die blaue Farbe ihres nagelneuen Porsche nicht gefallen?", staunte der Kommissar. Er sieht, dass der Kofferraum in Blaumetallic lackiert war, während der Lack außen in Viperngrünmetallic ist. „So ist es, war eine Scheißfarbe.", lallt der Mann, der anhand seiner Papiere Detlef Kofner heißt. Kommissar Feddersen schaute sich den Porsche nun ganz genau an. „Mmm, Stahlfelgen auf diesem Porsche, gehören da nicht diese neuen Fuchsfelgen drauf?" Feddersen ließ Detlef Kofner abführen. Zum einen konnte er nicht mehr mit seinem Auto wegen des Alkoholkonsums fahren. Zum anderen wegen Verdachts auf Tötung eines Fußgängers mit Fahrerflucht.

Nun ging alles sehr schnell. Beamte in Keitum fanden die Lackiererei in der der Porsche umlackiert wurde. Die Fuchsfelgen standen auch noch in der

Halle. Eine Felge hatte eine schwere Beschädigung. So nahm alles seinen Lauf.

Und was Porsche angeht, Kriminalhauptmeister Feddersen musste nun öfter als Sonderdezernatsleiter aufs Festland und fährt nun einen Porsche 356, mit Blaulicht natürlich.

Inseldiamanten

Es war kein Blitzüberfall in Kampen. Nicht einmal eben mit der Knarre rein, Geld raus und abhauen. Von der Insel kommt niemand unerkannt. Schon gar nicht in den 1970'er Jahren. Außerdem kannte Kriminalhauptmeister Werner Feddersen alle. Also so ging es nicht. Die 5 Männer haben sich wirklich gut vorbereitet. Sie wussten auch, was Feddersen für ein harter Hund war. Also musste es eine perfekte Vorbereitung sein. Im Sommer kamen also 5 Männer getrennt auf die Insel. Mit Bahn und Auto, getarnt als Urlauber. Der Eine mit Koffer, der Andere mit Rucksack, sogar mit einem alten Kinderwagen. Am Strand von Westerland bereiteten sie ihren Coup gründlich vor.

Zunächst kundschafteten sie alle Juweliere auf der Insel aus. Wie waren die Türen gesichert, wie viele Angestellte gab es, wie waren die Geschäftszeiten, und so weiter. Fündig wurden sie bei Theo Müller in Kampen. Juwelier Müller war auch Goldschmiedemeister. Er fertigte viele schöne Schmuckstücke aus Gold für seine Kundschaft ganz individuell an. Da kam es nicht auf einen Tausender an. Hauptsache von der Insel sollte es sein. Theo Müller hatte immer eine gute Reserve Feingold auf Lager. Außerdem wurden die Männer noch in Westerland fündig. Sie studierten auch dort die Alarmanlage und die Schlösser.

Als nächstes mieteten die 5 Männer ein Ladenlokal in Westerland. Viel Werbung wurde betrieben, um auf das neue Geschäft aufmerksam zu machen. In großen Buchstaben stand der Name über dem Geschäft: AUKTIONSHAUS & ANTIQUITÄTEN BERND HASEN

Nun organisierten sie zur Neueröffnung in 3 Wochen eine Verlosung. Lose wurden gedruckt, Plakate aufgehängt und sie selbst verteilten die Lose bei den Geschäftsleuten. Natürlich könnte man sie jetzt erkennen. Aber der Name Bernd Hasen kommt nicht von ungefähr. Die Männer traten natürlich im Hasen-Kostüm auf.

Wie konnte man es sich anders denken, die großen Hauptgewinne viele auf beide Juwelier-Geschäfte. Die Hauptgewinne waren ein Urlaub in den Bergen vom 22.12. bis zum 2.1. des Jahres. Die Geschäftsleute waren überglücklich... endlich einmal Urlaub über die Feiertage.

Verkleidet als Sicherheitstechniker besuchten sie die Juweliere, um die Alarmanlagen zu kontrollieren. Außerdem boten sie den Geschäftsleuten an, für nur 80 Mark eine tägliche Kontrolle durchzuführen. Das war natürlich ein Schnäppchen, sowie eine totsichere Absicherung.

Der Tag der Abreise kam. Mit einem Magnet simulierten die Ganoven nun einen Fehlalarm. Die Alarmanlage konnte daher nicht eingeschaltet werden. „Was soll ich jetzt nur machen? In 2 Stunden geht der Autozug aufs Festland.", fragte Theo Müller aufgeregt am Telefon. „Machen sie sich keine Sorgen, Herr Müller. Unsere Wachleute und der Techniker sind in etwa 3 Stunden bei ihnen. Wenn sie am Urlaubsort angekommen sind, werden sie von der Rezeption informiert, dass alles in Ordnung ist."

Alles nahm seinen Lauf. Mühelos waren die 5 Ganoven im Kampener Geschäft. Aus allen Schmuckstücken wurden nun die Brillanten herausgehebelt. Sie wurden in Muschelschalen gelegt und mit Wachs übergossen. Das Gold schmolzen die Ganoven und gossen es in Metallreservekanister. Jetzt ging es nach Westerland. Hier folgten die gleichen trainierten Handgriffe. Brillanten raus... Muschelschalen mit Brillanten und Wachs füllen... Gold schmelzen... Benzin-Kanister ins Auto bringen und nix wie weg.

Irgendwie hatte Theo Müller doch ein ungutes Gefühl. Gerade deswegen, weil er seine Konkurrenz aus Westerland ebenfalls am Hamburger Flughafen traf. „Meine Alarmanlage ist ausgefallen.", sagte er. „Meine auch.", sagte sie. Vom Flughafen aus rief Theo Müller sogleich in Hörnum an: „Hallo. Hier Müller, Theo Müller. Bitte Herrn Kriminalhauptmeister Feddersen bitte. ... Werner, hier Theo. Bitte überprüfe einmal mein Ladenlokal und das von Gerda Kolrep in Westerland. Wir haben einen schlimmen Verdacht."

Sofort machte sich Kriminalhauptmeister Werner Feddersen mit seinen Kollegen auf den Weg. Natürlich stellten sie sofort den Einbruch fest. „Hier liegen jede Menge Muschelschalen im Papierkorb, Chef. Sie sind mit Wachs gefüllt. Was sollte das werden? Konnte hier vor der Abreise keiner putzen?", fragte Polizeibeamter Dirk Nolte. Kriminalobermeister Hamelau schaute Werner Feddersen an und sagte: „Mensch Werner, die haben die Brillis in die Muscheln eingewachst." Kriminalhauptmeister Werner

Feddersen reagierte sofort. Er schnappte sich das Funkgerät: „Achtung! Großeinsatz! Lasst sofort den Autozug und die Fähre sperren. Niemand kommt von der Insel! Alle verfügbaren Kräfte teilen sich auf."

Feddersen nahm sich den Autozug vor. Gerd Hamelau fuhr sofort nach List zur Fähre. Feddersen schaute rein zufällig auf einen Ford Transit. „Der ist ja echt sportlich tiefergelegt. Den überprüfen wir zuerst." Und tatsächlich standen Kisten mit Muscheln und jede Menge Benzin-Kanister im Laderaum.

Ja, Kriminalhauptmeister Werner Feddersen bekam sie alle... niemand kommt unbemerkt von der Insel Sylt runter.

Mord auf Platz 18

Die Sylter Inselbahn fuhr wie üblich, pünktlich von List nach Westerland. Kriminalobermeister Gerd Hamelau musste einen Einbrecher in das Gefängnis in Westerland bringen. Gerd Hamelau legte dem Mann Handschellen an und los ging es. Der angebliche Einbrecher beteuerte immer wieder seine Unschuld. „Herr Wachtmeister, ich war das nicht." „Zuerst einmal, bin ich kein Wachtmeister, sondern Kriminalobermeister. Dann muss ich sagen, der Richter hat das zu entscheiden. Trotzdem höre ich mir ihre Version gen an.", so Hamelau. Der Einbrecher begann: „Mein Name ist Hartmut Lehmann. Es war am 6. Februar 1964. In der dunklen Jahreszeit wurde viel eingebrochen. Ich beobachtete 3 Männer und verfolgte sie. Einige Bewohner der Siedlung in List dachten, dass ich der

Einbrecher sei und überwältigten mich." „So, so. Na dann kann ihnen ja nicht viel passieren, Herr Lehmann. Nun verhalten wir uns genau so ruhig wie der Herr mit Hut dort auf Platz 18."

Ansonsten saß noch auf Platz 5 die Putzfrau Margret Krause. Das alles sah der Kriminalobermeister natürlich mit seinem geschulten Blick. Plötzlich genau zwischen List und Kampen entgleiste die Inselbahn und kippte in die Düne. Gerd Hamelau wurde schwer verletzt. Hamelau kroch unter starken Schmerzen zum Herrn auf Platz 18. Er bemerkte, dass dieser schon Stunden tot war, von hinten erstochen. Margret versorgte sofort den Kriminalobermeister, der fand einen Brief und einen Polizeiausweis. Jetzt wurde Gerd Hamelau ohnmächtig. Plötzlich Schüsse. Lehmann kroch zu Hamelau und nahm die Schlüssel für die Handschellen an sich. Er öffnete sie und nahm Hamelaus Pistole. Die Pistole des toten Polizisten gab Lehmann dem Zugführer. Lehmann war Sportschütze. Er kletterte aus der Inselbahn und schoss auf die Personen in den Dünen. Der Zugführer blieb bei Gerd und Margret. Die umgekippte Inselbahn gab Schutz, die Düne nicht. Mit gezielten Schüssen traf Lehmann 2 Angreifer, ein weiterer ergab sich. Endlich kam Verstärkung. Kriminalhauptmeister Feddersen kam in seinem Dienstfahrzeug mit zwei weiteren Beamten. Hamelau kam zu sich. Lehmann übergab die Waffe. Der Tote war Kriminalmeister Dirk Jörnsen vom Festland. Im Brief stand: Nach unseren Informationen befindet sich auf der Insel Sylt eine Einbrecherbande. Der Gesuchte Norbert Jorschek wurde im Zug von einem Fahrkartenkontrolleur identifiziert. Vorsicht! Die Männer tragen Schusswaffen und machen auch davon Gebrauch. Kriminalmeister Jörnsen dient zur Verstärkung. Weiterhin stellten die Beamten eine Manipulation an den Schienen fest. Lehmann bekam den ersten „Sylter-Orden" vom Bürgermeister verliehen.

Der Tote am Ellenbogen

Die Kommissare Rene Brandt und Thomas Sörensen hatten eigentlich Urlaub. Sie wollten das warme und sonnige Wetter am Strand von List genießen. Plötzlich ertönte ein Song vom Sylter-Shanty-Chor. „Mensch, hätte ich doch mein Handy zu Hause gelassen.", jammerte Thomas. „Ist doch allerhand, dass man nicht einmal im Urlaub seine Ruhe hat.", sagte er wütend. Gert Hamelau, vom Kommissariat in List, dort ist er der Boss, wie er immer lachend zu sagen pflegte, rief an. Er brüllte aufgeregt in den Hörer: „Wo seit ihr gerade Jungs?"... „Ich brauche euch dringend.", rief er mit Nachdruck in den Hörer. „Wie hast du wieder so schnell herausgefunden, dass wir Urlaub haben, Gerd?", antwortete Thomas sauer.

„Gerade einmal einen Tag haben wir uns hier am Strand lang gemacht und du gehst uns schon wieder auf den Sack.", wetterte der Kommissar. Gerd Hamelau blieb gelassen und redete weiter, denn im Grunde verstanden sich alle prächtig: „Drüben am Leuchtturm liegt eine Leiche, Leute. Das ist uns von einem Urlauber mitgeteilt worden." Der Tote scheint männlich zu sein, leider fehlt ihm der Kopf.", sagte Gert und räusperte sich dabei. „Hat sich wohl jemand als Andenken mitgenommen.", versuchte Rene einen Witz zu machen, um seinen Kollegen aufzuheitern, der sichtlich durch die Nachricht angeschlagen war. „Nein, das ist eine toternste Sache, den Kopf müsst ihr finden.", antwortete Gert Hamelau etwas ärgerlich. „Na ja gut, es bleibt uns wohl keine andere Wahl.", meinte Rene Brandt kleinlaut.

Schon kurze Zeit später, trafen die Kommissare am Tatort ein. Sie sperrten großflächig den Ort des Grauens ab und riefen die Spurensicherung an. Stofffetzen, Fußabdrücke von dicken Stiefeln und einige Jackenknöpfe wurden gefunden. „Scheinbar hat hier ein Kampf stattgefunden.", stellte Sörensen fest. Leider blieb der Kopf erst einmal verschwunden. Vorsichtig wurde die Leiche, die schon ausgeblutet war, in einen Plastiksack gesteckt und zur Obduktion gebracht. Die Kommissare Brandt und Sörensen veranlassten, die Gegend gründlich abzusuchen und notfalls mit dem Boot rauszufahren, um den Kopf zu suchen.

Einige Tage gingen die Untersuchungen in gleicher Weise weiter, bis Sörensen vorläufig die Aktion stoppte. Bei der Obduktion fand man erhebliche Mengen von Betäubungsmitteln im Magensaft des Toten. Der Mann war Mitte dreißig. Er hatte seine Papiere und seine Geldbörse noch bei sich. Ein Raubmord konnte so ausgeschlossen werden. Es handelte sich um einen Studenten, der wahrscheinlich ein wenig Urlaub machen wollte. „Nein.", sagte Thomas Sörensen. „Rene, wir müssen zum Tatort zurück.", sagte der Kommissar. Thomas war fest davon überzeugt, dass sie etwas übersehen hatten. Rene meinte: „Aber es ist doch alles gründlich abgesucht worden, die haben doch nichts gefunden." Aber Kommissar Brandt blieb bei seiner Vermutung. Sie fuhren los. Erst einmal gingen sie ausgiebig essen, denn auch Polizeibeamte bekommen einmal Hunger. Plötzlich klingelte es wieder einmal überraschend, und dieses Mal mitten im Restaurant. Es war so laut, dass Thomas sich fast an seinem Krabbensalat verschluckte.

„Verdammt noch mal, langsam habe ich aber die Schnauze voll.", wetterte Thomas los und nahm wiederwillig das Gespräch entgegen. „Hamelau hier.", meldete sich eine resolute Stimme: „Wir haben herausgefunden, dass sich hier auf der Insel ein gefährlicher Psychopath versteckt hält, aber bislang ist er noch nicht gefunden worden. Zum Glück existieren Bilder von Gerd Hamelau. Die Kommissare Brandt und Sörensen wurden hellhörig.

„Konkreter kann ich ihn leider nicht beschreiben, aber man kann ihn als äußerst gefährlich einstufen.", antwortete der Polizeibeamte Hamelau.

„Ist es eigentlich selbstverständlich, dass wir jedes Mal, wenn wir Urlaub haben Fälle lösen müssen, Thomas?", schimpfte Rene. Die Männer gingen noch einmal an den Tatort zurück. Überall lag Blut herum. Wieder suchten sie alles ab. „Halt!", rief Thomas. „Komm' einmal bitte her, Rene, und sieh dir das an.", schrie er regelrecht hysterisch, denn er war immer noch genervt von dem Anruf. Kommissar Sörensen fand einen Erdhügel, der noch relativ frisch aussah. Es sah so aus, als wenn vor kurzem noch jemand etwas vergraben hätte. „Leider müssen wir hier buddeln, Thomas.", sagte Rene. „Ich glaube, wir werden eine Überraschung zu Gesicht bekommen.", meinte der Kommissar. Die Beamten waren nicht nur überrascht, sondern auch schockiert und angeekelt über den Fund. Sie gruben einen Kopf und etwas davon entfernt eine Kettensäge aus.

Am anderen Tag studierten sie eine Reihe von Fotos, die diesen Psychopathen zeigten. „Eigentlich eine unscheinbare Gestalt, er könnte bestimmt niemanden umbringen.", spekulierten sie. „Drüben in Westerland ist doch ein großer Strandkorbverleih, da steht immer einer drin mit Sonnenbrille und langem Bart.", überlegte Thomas. „Ich hab mir immer schon gedacht, ihn einmal zu überprüfen, denn ich glaube mit dem stimmt was nicht.", meinte er. Sie fuhren los, das Wetter war herrlich und wieder ärgerten sie sich über die unfreiwillige Arbeit, die sie machen mussten. Die Strandkörbe wurden reihenweise gemietet und der Typ in dem Kassenhäuschen hatte alle Hände voll zu tun.

Die beiden Kommissare mussten sich etwas einfallen lassen, denn sie wollten nachprüfen, ob seine Papiere in Ordnung waren. Sörensen stellte sich kurz vor und sprach ihn an: „Mein Kollege und ich haben den Auftrag, alle Leute hier in der Umgebung nach ihren Ausweisen zu fragen." Er redete weiter: „Hier ganz in der Nähe ist ein grausamer Mord geschehen, ich glaube, sie haben davon schon in der Zeitung und in den Nachrichten erfahren." „Mein Kollege und ich müssen diesen ekelhaften und grausamen Mord aufklären, leider.", sagte Rene Brandt. „Wir sind vom Sonderdezernat Hörnum I.", ergänzte Sörensen.

Der Strandkorbbetreiber wurde sichtlich unruhig. „Ja, da kann ich ihnen nichts zu sagen.", entgegnete der eigenartige Mann mit zittriger Stimme. Da die Kommissare den Zeitpunkt des Todes und fast den genauen Tag ermitteln konnten, fragten sie den Mann nach seinem Alibi für diesen Zeitraum. Immer deutlicher erkannten die Beamten, dass hier etwas faul im Staate war. Schnell fanden sie heraus, dass der Strandkorbbetreiber unter einem falschen Namen auf der Insel war, und dass seine Papiere gefälscht waren, und dass er außerdem für den besagten Zeitpunkt kein Alibi vorweisen konnte.

Im Kommissariat gestand er den Mord und erklärte:" Dieser Mann hat mich gedemütigt und beleidigt, denn angeblich soll ich seine Freundin vergewaltigt haben." Er redete weiter: „Ich habe dann irgendwann Rot gesehen und wollte ihm sein dreckiges Maul stopfen." Weiter sagte er: „Ich lauerte ihm auf um ihm eine Lektion zu verpassen, aber mein Verstand muss in dem Augenblick ausgesetzt haben. Wie im Blutrausch zog ich ihn in mein Auto, nachdem ich ihn vorher mit einem Betäubungsmittel willenlos gemacht hatte. Bei mir in der Garage passierte dann das Schreckliche…" „Genug, genug!", schrie der Kommissar, „Das ist ja widerlich, sie sind ja ein Irrer.", sagte er weiter.

Für immer wanderte der Mörder ins Gefängnis. Nie mehr bekam er Gelegenheit grausame Dinge zu tun.

Endlich konnten die Kommissare ihren hart verdienten Urlaub genießen, ohne einen Anruf zu bekommen. Hoffentlich!

Mörderische Gedanken

Torben Berthold war außergewöhnlich unauffällig. Am Tage betreute er seine kranke Mutter und der Abend gehörte seinen krankhaften Phantasien. Er war in kirchlichen Organisationen tätig, sowie noch in anderen gemeinnützigen Vereinen. Niemand vermutete hinter diesem scheinbar harmlosen Menschen einen brutalen Mörder, der grausame und bestialische Dinge tat.

Torben war auf Grund eines Gendefektes blind zur Welt gekommen. Eigentlich konnte er nichts tun, doch sein Geruchs- und Ortungssinn hatte sich durch die Blindheit so ausgeprägt, dass er mit seinen übrigen Sinnen mehr als sehen konnte. Er hatte im Laufe der Jahre ein Hobby entwickelt, welches man mit einem normal funktionierenden Menschenverstand nicht erklären konnte.

„Wieder eine Leiche gefunden, dieses Mal in Munkmarsch.", sagte Anna Feddersen, die demnächst ganz im Sonderdezernat aufgenommen wird. „Im Augenblick reißt es aber auch nicht ab, einfach zum Mäuse melken.", jammerte die junge Kommissarin. „Bringt ja nix, da müssen wir leider durch.", antwortete Horst Breitscheid. „Ich möchte wirklich einmal wissen, wie die Leiche dieses Mal bearbeitet wurde, denn allen anderen, die wir bisher gefunden haben, fehlten die Augen.", sagte Anna Feddersen.

„Bloß daran zu denken, löst bei mir Magenprobleme aus.", sagte Horst. Erst vor ein paar Tagen hatten beide Kommissare eine Sonderausbildung im Bereich der Verbrechensbekämpfung hinter sich gebracht. Gut gewappnet fuhren sie los und wurden schon in Munkmarsch erwartet. Einige Touristen standen um einen leblosen Körper herum. Die Tote lag auf dem Bauch, den Kopf fest in den Sand gedrückt.

Die Kommissare Anna und Horst drehten sie um und waren vor Entsetzen sprachlos. Obwohl sie diesen Anblick schon kannten, erschreckten sie heftig, denn es sah einfach grausam aus. Die leeren, blutigen Augenhöhlen waren kaum zu ertragen. Die Leichen, die sie in Rantum und Tinnum gefunden hatten, sahen genauso schlimm aus. „Aber warum hat dieser Perverse den Opfern die Augen herausgenommen?", fragte Horst Breitscheidt. „Tja, eine gute Frage Horst, wir müssen erst einmal die Tote untersuchen lassen.", antwortete Anna.

Sie ließen die grausam zugerichtete Frau abholen. Aber in der Pathologie wurde nichts festgestellt. Bis auf die fehlenden Augen war die Frau vollkommen unangetastet. „Der Mörder hat es nur auf diese Körperteile abgesehen, Anna.", sagte Fritz Scholz von der pathologischen Abteilung. Anna und Fritz kannten sich von der Universität und waren etwa gleichaltrig. „Fritz, hast du wirklich keine weiteren Spuren damit wir weiter kommen?", fragte Anna ihn. „Leider nein.", entgegnete der Pathologe. Horst Breitscheid und Anna Feddersen fuhren zurück ins Büro und arbeiteten einen Vorgehensplan aus. Aber wo sollten sie beginnen?

Fakt war, dass der Mörder ein sehr kranker und gestörter Mensch war. Er sammelte scheinbar die Augen seiner Opfer. Anna sagte: „Was macht er nur mit diesen Körperteilen, verspeist er sie oder was?"

Am Sonntag besuchte Anna mit ihrer Tante einen Gottesdienst in der örtlichen Kirche. Dabei fiel ihr während der Messe etwas auf. Ein ca. dreißig Jahre alter Mann schob seine alte Mutter im Rollstuhl an den Altar. Das war nichts Besonderes, aber was er dann tat, dürfte es eigentlich nicht geben. Er legte eine weiße kleine Schachtel auf den Tabernakel und ging ganz beruhigt wieder weg. „Was war denn das?", dachte Anna und es wurde ihr etwas flau in der Magengegend. Sie konnte sich dieses Gefühl noch nicht erklären. „Irgendetwas stimmt da nicht.", sagte sie zu ihrer Tante.

„Suspekt, sehr suspekt.", dachte Anna. Der Priester dieser Gemeinde nahm stillschweigend das weiße Päckchen vom Tabernakel und verschwand erst einmal für einen Moment in der Sakristei. Anstatt die Messe mit der alten Dame im Rollstuhl abzuwarten, verschwand der Mann schnellen Schrittes aus der Kirche. Dabei drehte er sich ständig um. Das schlechte Gewissen konnte man ihm förmlich ansehen. „Nein.", sagte Anna zu ihrer Tante. „Hier ist doch etwas ganz schön faul, das merke ich doch.", flüsterte sie.

„Aber Anna, du kannst noch nicht einmal in deiner freien Zeit abschalten und deine Pflichterfüllung zur Seite schieben.", meckerte Frau Nielsen. „So so, was du wieder denkst Tantchen.", antwortete die Kommissarin. Weiter sagte sie: „Auf jeden Fall werde ich mir diese Angelegenheit einmal etwas näher ansehen." Einige Tage später, die Kirche war offen, wollte sie mit dem Gemeindepriester ein paar Worte reden. Herr Lamprecht war schon seit 20 Jahren in dieser kleinen Gemeinde tätig und nie war über ihn auch nur ein schlechtes Wort geredet worden.

An diesem Mittwoch war die Kirche für kurze Zeit geöffnet. Aber auch nur, weil kurz vorher geputzt wurde. Anna zeigte ihren Ausweis und der Küster ließ sie hinein. Alles schien ruhig und still. Sie traute sich kaum einen Fuß vor den anderen zu setzen. Selbst der Küster wusste nicht, was in dieser Kirche vor sich ging. Ein Flüstern und Raunen kam ihr entgegen. „Was war denn das nur.", dachte Anna. Das Flüstern ging in einen monotonen Gesang über. Er wurde immer lauter und eindringlicher. „Oh Herrscher, der über den Dingen steht, wir huldigen dir mit allem, was uns zur Verfügung steht um dich zufrieden zu stellen."

Leise schlich Anna sich heran und versteckte sich hinter einer hohen Eichentür. Von hier aus konnte sie ungestört alles beobachten. Sie traute ihren Augen nicht. An einem langen, rechteckigen Tisch saßen 30 Leute. Alle waren komplett in schwarz gekleidet. Auf diesem Tisch standen schwarze Kerzen, die geheimnisvoll und mysteriös leuchteten. Es lag ein offenes, schweres Buch daneben und in der Mitte des Tisches waren in einem Samtkissen 6 Augenpaare aufgebahrt.

Einer stand auf und sprach monoton: „Oh Satan, unser Herr, nimm diese Augen als Opfer, damit du Mensch werden kannst, wie wir." Weiter vernahm Anna den unheimlichen Gesang. Sie hatte genug gesehen und wollte, noch bevor man auf sie aufmerksam werden konnte, verschwinden.

„Horst, Moin.", sagte Anna Feddersen, als sie das Büro betrat. Sie war immer noch recht blass im Gesicht. Nun erzählte sie, was sie am Vortag erlebte: „Du wirst es nicht glauben, aber ich habe gestern Nachmittag eine schwarze Messe beobachten können." Sie redete aufgeregt weiter: „Es war einfach grausam, denn es wurden dem Teufel 6 Augenpaare geopfert." „Denkst du, es könnte mit den Morden etwas zu tun haben, an die wir uns gerade die Zähne ausbeißen?", fragte Horst neugierig. Horst Breitscheidt war ein Polizeibeamter mit Leib und Seele. So schnell konnte man ihn eigentlich nicht schocken. Doch diese Morde hatten auch ihm arg zugesetzt.

„Ich muss am Sonntag wieder zur Messe und es wäre gut, wenn du mitkommen würdest, Horst. Ich glaube, wir werden den Mörder sehen und mit einem Schlag mehrere Leute festnehmen können.", meinte Anna Feddersen. „Näheres werde ich dir später erklären.", sagte sie. Am Sonntag trafen sie sich wie besprochen an der Kirche und gingen gemeinsam hinein. Ihren Platz suchten sie sich so aus, damit sie noch gut alles beobachten konnten. Die Messe begann ganz normal wie immer. Nichts war auffällig. Doch dann, keiner von den Beamten rechnete noch damit, kurz vor dem Ende der Messe, fuhr aus der hintersten Reihe ein Mann, mit Blindenband am Oberarm und einer alten Frau im Rollstuhl, zum Altar.

Es war Torben Berthold. Er muss sich wohl in dieser Kirche gut auskennen, sonst würde er sicher nicht sehen, wo er das Päckchen hinlegen muss.", flüsterte Anna ihrem Kollegen zu. „Ich habe eine leise Ahnung, was in den Päckchen ist.", sagte Horst Breitscheidt. In den letzten Monaten sind viele schlimme Morde geschehen, die man bis heute nicht aufklären konnte. „Kommen sie Horst, wir schleichen uns einmal nach hinten, ich zeige ihnen den Raum, in dem die schwarze Messe abgehalten wurde.", sagte die Kommissarin. Die Beamten schlichen sich auf leisen Sohlen nach hinten in die Sakristei. An der Tür blieben sie wie angewurzelt stehen und bekamen eine Unterhaltung zwischen dem Priester und Torben Berthold mit. Der Geistliche sagte: „Wenn du nicht in den nächsten Tagen mit frischen Augenpaaren rankommst, wird es dir nicht gut ergehen und du wirst deine Sehkraft nie mehr wieder erhalten."

Der Blinde Mann nickte nur mit dem Kopf und sagte: „Ich werde alles tun, was in meiner Macht steht." Er ging mit gesenktem Kopf hinaus zu seiner alten Mutter, die im Rollstuhl saß und auf ihn wartete. Die beiden Kommissare waren sprachlos, schauten sich nur an und gingen schnellen Schrittes aus der Kirche. „Wie werden wir nun weiter vorgehen?", sagte Horst Breitscheidt. „Lassen sie uns erst einmal ins Büro fahren.", antwortete Anna Feddersen.

Wenige Minuten später saßen sie zusammen an ihren Schreibtischen und überlegten. Dieser grausige Anblick war nichts für Horst. Ansonsten war er eigentlich hart im Nehmen, aber nun verließ ihn seine Disziplin. „Beim nächsten Kirchenbesuch werden wir den Haufen auffliegen lassen.", meinte die junge Kommissarin. Ein paar Tage später war es dann soweit. Anna und Horst saßen in der ersten Reihe und hinter ihnen einige Männer zur Verstärkung. Niemand konnte ahnen, dass es Polizeibeamte waren. Die Messe begann ganz normal und wie sie es vermuteten, kam kurz vor Schluss Torben Berthold und legte ein weißes Päckchen auf den Tabernakel. Einige Tage vorher wurde eine junge Frau am Meer gefunden. Sie saß tot im Strandkorb und hatte keine Augen mehr. Ein grausamer Mord, denn sie wurde vorher erdrosselt mit einem langen Draht. Die Kehle wurde durchschnitten. Der Mörder setzte sie so hin, dass man im ersten

Moment nichts merken konnte. Spielende Kinder hatten die Polizei gerufen.

Nun war es soweit. Anna kochte vor Wut und Tatendrang. Der Mörder befand sich noch in der Kirche und wurde sofort mitgenommen. Anna und Horst und noch einige Polizeibeamte stürmten die Sakristei und konnten auf einen Schlag fast alle anwesenden Leute und den Pfarrer festnehmen. Sie waren gerade dabei zu verschwinden. „Da hatten wir aber verdammtes Glück.", sagte die Kommissarin. „Ich hoffe nur, dass die Mordserie jetzt ein Ende genommen hat.", meinte Horst Breitscheidt und schaute dabei Anna angstvoll an.

„Ja vielleicht, aber Verbrecher laufen genug frei herum.", sagte Anna. Die Kommissare gingen nach Feierabend erst einmal gemeinsam einen trinken, denn essen konnten sie momentan noch nichts. Kann man gut verstehen.

Kurzer Prozess mit der Mafia

In den Dünen dürfen weder Menschen noch Tiere herumlaufen. Das ist auch gut so. Kommissar Martin Feddersen hatte heute seinen freien Tag und wanderte mit Mops Lilly auf der Panzerstraße in Richtung List. Plötzlich riss sich Lilly los und rannte in die Düne. „Komm' sofort zurück, Lilly... hierher... komm'... bei Fuß... ... ..." Martin konnte rufen wie er wollte, Lilly war weg. „Und das passiert mir.", rief er wütend.

Plötzlich kam Lilly zurück. In ihrer Schnauze trug sie ein Mitbringsel, das sie gern mit ihrem Herrchen teilen wollte. Es war eine Geldbörse. Martin Feddersen öffnete sie und fand italienische Lire, sowie den Ausweis von Luigi Rossi. Der Kommissar wollte nicht in die Düne laufen. Er ging zurück zum Fahrzeug und fuhr zu seinem Vater. Werner Feddersen war nun mittlerweile viele Jahre in Pension. „Warte einmal, Martin. Ja, ich erinnere mich, es war in den 1970'ern. Luigi Rossi war Mafia-Boss. Er wollte eine Rauschgift-Passage zwischen Dänemark und Sylt aufbauen, Munkmarsch sollte das Hauptquartier werden. Mein damaliger Kollege Peter Hansen übernahm den Fall. Auf einmal war Luigi jedoch verschwunden.", erinnerte sich Kriminalhauptmeister a.D. Werner Feddersen.

Jetzt wurde die Düne abgesucht. Da die Düne wandert, legte sie den Toten fast frei. In der Jackentasche fanden sie einen Brief, er war kaum lesbar: „Lieber Kollege und Freund Werner. Wenn du dies liest, ist der Fall mit dem Aktenzeichen Sylt AD 45/Mafia erledigt. Ich hatte einfach keine Handhabe gegen Luigi Rossi. Aber er hatte mit Rauschgift zu tun. Meine Tochter starb daran. Sie wurde außerdem missbraucht. Als ich von meinem Krebs erfuhr, erschoss ich das Schwein und brachte ihn in die Dünen. Verzeih mir, Gott, verzeih mir, mein Freund Werner. Dein Freund Peter."

Ein Glas zu viel

Das Büro der beiden Kommissare Thomas Sörensen und Rene Brandt hatte seinen festen Sitz im Osten von Westerland. Eifrig waren die Männer täglich im Einsatz, denn in der letzten Zeit häuften sich die Mordfälle. Jedoch das, was sie in den folgenden Tagen erwarten sollte, übertraf alles, was sie bisher erlebt hatten. Rene Brandt trank seinen morgendlichen, löslichen Kaffee, wie immer viel zu stark. „Langsam musst du auch mal an deine Gesundheit denken, Rene.", meinte Thomas. „Deine Kaffeetassen bekommt man ja nicht mehr sauber, so fest klebt das braune Zeug daran.", grinste er. „Ach ja, Thommy, wenn du mal nix zu nörgeln hast, biste unglücklich, was?", antwortete Rene. Rene Brandt war gerade 40 geworden, aber die ersten grauen Haare schlichen sich schon ein. Vor einem Jahr wurde er geschieden. Es entwickelte sich ein Rosenkrieg, womit er nicht gerechnet hatte. Und leider nimmt es kein Ende, denn seine Frau hat nichts Besseres zu tun, als alle Nase lang gegen ihn zu klagen.

Wenn Rene seinen Beruf nicht hätte, dann wäre er schon daran zu Grunde gegangen. Thomas Sörensen war ledig und mit seinen 55 Jahren sah er noch recht gut aus. oft konnte er so charmant sein, dass die Frauen ihm nachschauten. An diesem Morgen, bekamen sie eine neue Kollegin. Es klopfte an der Bürotür. „Herein!", rief Rene. Anna Feddersen trat ein. Schon ihr Großvater und Vater standen oder stehen im Dienste des Sonderdezernats HI. Anna trat nun in deren Fußstapfen ein. Gerade war sie mit dem Studium und der Polizeischule fertig. Sie wohnte bislang in Hamburg, bekam aber sofort eine Dienstwohnung auf der Insel. „Moin", säuselte Thomas, etwas abwesend. „Die knapp 30 jährige junge Frau stellte sich bei den Herren vor. „Junge, Junge", sagte Thomas Sörensen bei ihrem Anblick. „Mit ihnen zu arbeiten und sich gleichzeitig zu konzentrieren, fällt ganz schön schwer.", meinte er. Anna grinste verlegen und bekam einen roten Kopf. Sie war sich schon bewusst, wie sie auf Männer wirkte. Sie war eine große, schlanke Frau, wohlgeformt und vom Gesicht her, bildschön. „Es hilft alles nix.", meinte Thomas Sörensen. „Wir müssen nun alle ran an die Arbeit. Der Fall, der heute rein geflattert kam", sagte Rene, „erfordert unseren ganzen Einsatz." „Im Strandhotel ist ein Toter im Pool gefunden worden!", rief Thomas. „Seine Frau suchte ihn kurz zuvor, dann rief sie uns an, als sie ihn fand." Rene Brandt, eifrig wie immer, zog sich schnell seinen abgewetzten Mantel über und konnte es kaum erwarten, den Fall zu untersuchen. Längst hätte er sich einmal einen neuen Überwurf kaufen können, aber irgendwie brachte ihm dieser Fetzen Glück, glaubte er jedenfalls. Anna lachte und meinte: „Dann ist es ja gut, dass ich meinen Dienst hier angetreten bin." Die drei Beamten machten sich auf den Weg zum Strandhotel. Der alte Dienstwagen quietschte beim Zurücksetzen, aber die Hauptsache, er bringt sie überall hin. Im Hotel angekommen, wurden sie schon von einem Haufen Leute empfangen.

Ärzte, Sanitäter und Bestatter gaben sich die Klinke in die Hand. Kommissar Sörensen stellte seine Kollegen Brandt und Feddersen vor; und sie begannen auch sofort mit der Befragung. Der Hotelmanager sagte aus, dass ein älteres Ehepaar vor ein paar Tagen ein Zimmer bezogen hätte. „Sie stritten viel, aber dies ist wohl nichts Besonderes in dem Alter", meinte er. „Sie gingen zusammen ins Schwimmbad, mehr weiß ich nicht antwortete er. „Anna Feddersen war noch recht unsicher und hörte genau zu, wie ihre Kollegen vorgingen. „Thomas", sagte Rene, „wir müssen nachforschen, wo sich das Ehepaar vor dem Schwimmbadaufenthalt aufgehalten hat." „ Eigentlich sollten wir erst einmal die Ehefrau des Toten befragen.", antwortete Anna. „Sie sitzt vor dem Hoteleingang, in Tränen aufgelöst."

Herr und Frau Jonson kamen extra aus England, um auf der schönen Insel Urlaub zu machen. Die Engländerin saß in Tränen aufgelöst, auf einer Bank vor dem Hotel. Sie regte sich nicht. Anna ging auf sie zu und versuchte sie in ein Gespräch zu verwickeln. „Leider muss ich ihnen ein paar Fragen stellen." sagte Anna vorsichtig. Noch wusste keiner von den Kommissaren, mit welchem eigenartigen Fall sie es bald zu tun bekamen. Zögerlich antwortete die alte Frau auf die Frage, wie sich alles abgespielt habe und was sie gesehen habe: „Tja, was soll ich denn sagen, ich hatte meinen Mann begleitet, da er etwas behindert ist." sagte sie nervös. „Ich half ihm noch ins Wasser zu steigen und wartete. Plötzlich fing er an zu zappeln, obwohl er ein guter Schwimmer war.", sagte sie noch. Rene wurde neugierig: „War er denn krank?" „Nein, er war gesund." sagte die alte Dame. „Als ich ihn herausziehen wollte, war er schon tot. Mehr kann ich nicht dazu sagen.", meinte sie.

„Kommen sie Anna!", rief Thomas Sörensen. „Wir werden hier noch einiges zu tun haben." Als die drei Beamten, vorne weg Anna, denn sie hatte die Leitung des Kommissariats übernommen, sich im Auto beratschlagten, klopfte jemand an die Scheibe des Dienstwagens. Es war die Angestellte der Bar auf der oberen Etage. Daran grenzte direkt das Schwimmbad.

„Liselotte ist mein Name", stellte sich die Frau vor. „Ich arbeite schon etwas länger als Kellnerin hier im Strandhotel. Ich halte immer die Augen offen.", sagte sie. „Es sind schon oft schlimme Dinge hier geschehen." „Was haben sie uns denn zu sagen?", fragte Thomas Sörensen? „Am Tage

des Unfalls, habe ich das verdächtige Ehepaar in der Bar bedient.",
antwortete sie eifrig. Liselotte sprach weiter: „Er trank nur einen Saft,
wogegen seine Frau einen Whiskey nahm.", überlegte sie. Thomas
Sörensen bohrte und wollte wissen, wie es weiter ging. „Eigentlich soweit
nichts Besonderes.", sagte das Mädchen.

„Jedoch sah ich wie sie, als er auf der Toilette war, etwas in sein Glas
fallen ließ", fuhr sie fort. Anna hörte aufmerksam zu. „Dann werden wir so
schnell es geht eine Obduktion anordnen.", befahl sie nervös. „Hier können
wir erst einmal abziehen.", rief Rene! Später ergab die Obduktion, dass
dieser ältere Mann von seiner Frau absichtlich mit einem Nervengift
getötet werden sollte. Nachdem er ins Wasser sprang, schoss ihm das Blut
dermaßen schnell in den Kopf und der Druck war so stark, dass seine
Arterien platzten. Er war sofort tot. Die Ehefrau wurde sofort vom
Kommissaren-Team verhaftet. Sie verbringt nun die restlichen Jahre ihres
Lebens hinter Schwedischen Gardienen.

...

Warum sie ihren Mann umgebracht hat? Seine Lebensversicherung betrug
eine halbe Million. Da diese Frau älter war als ihr Gatte, wollte sie noch
einmal aus dem Vollen schöpfen. Bis zum Schluss war sie sich sicher und
dachte, man könne ihr so schnell nichts beweisen. Wenn sie nicht
beobachtet worden wären, hätte es vielleicht geklappt.

Wieder geht ein Tag im Sonderdezernat HI zu Ende. Seit Anna Feddersen
da ist, läuft alles wie geschmiert. Der Ehrgeiz hat sich von ihrem
Großvater und Vater auf sie übertragen. Was sie noch nicht weiß, Rene
Brandt hat ein Auge auf sie geworfen. Ja, dann wollen wir mal abwarten.

Nur ein Wellenschlag

Henry und Margot Bremer waren schon sehr lange verheiratet. Jedes Jahr machten sie in Westerland Urlaub. Da sie kinderlos geblieben waren, Margot konnte durch eine Unterleibserkrankung keine Kinder bekommen, erfüllte Henry seiner Frau jeden Wunsch. Dass die Bremers reich waren, wussten alle auf der Insel. Henry und Margot führten eine Kaffeerösterei. Die größte in Norddeutschland.

An jenem sonnigen Urlaubstag machte Margot ihrem Mann den Vorschlag, doch einmal alleine mit dem Boot rauszufahren, da sie sich recht gut auf dem Wasser zurechtfand und auch das Boot gut kannte, stimmte Henry der Idee zu. Er sagte nur: „Margot, bitte sei vorsichtig, denn hier auf der Insel lungern neuerdings zwielichtige Gestalten herum." Margot nickte dankbar und ging hinaus. Das Meer war ruhig und niemand vermutete einen solch schlimmen Vorfall, wie er sich kurze Zeit später ereignete.

Henry freute sich, auch mal für kurze Zeit seinem Hobby nachgehen zu können, ohne das ihm seine Frau reinredete. Margot hielt nicht viel von seinem Hobby. Seine Briefmarkensammlung schleppte er überall mit hin, sogar im Urlaub durfte sie nicht fehlen. Die Zeit verging. So gerne er auch alleine war, so freudig würde er seine Frau empfangen, wenn sie doch endlich käme. Henry Bremer fuhr zu dem Ankerplatz, an dem sich das Boot, welches ihm und seiner Frau gehörte, befand.

Er sah nichts. Weit und breit war seine Frau nicht zu sehen. Das Wetter war schön, die Sicht klar und ein leichter Wellengang spiegelte sich in der Sonne. Es war ruhig. Zu ruhig. Henry Bremer rief die Wasserschutzpolizei an: „Hallo, Bremer am Apparat. Ich mache gerade Urlaub hier auf der Insel.

Meine Frau ist mit unserem Motorboot unterwegs. Sie wollte schon vor einigen Stunden wieder da sein. Ich hab schon nachgeschaut, nur sehe ich sie nicht. Bitte helfen sie mir."

„Guten Tag Herr Bremer. Ich kenne sie gut, aber es wird wohl wenig Leute geben, die sie nicht kennen.", sagte der Polizeibeamte Klaus Steiner am anderen Ende der Leitung. Er sprach in einem sehr ruhigen Ton mit Henry, denn er merkte, dass dieser Mann panische Angst hatte: „Wir fahren sofort raus, bitte machen sie sich keine Sorgen, wir werden sie schon finden."

Es vergingen viele Stunden des Wartens. Da klingelte das Telefon: „Herr Bremer, wir haben alles abgesucht. Leider fehlt von ihrer Frau jede Spur.", sagte der Beamte. „Wenn alle Stricke reißen, müssen wir Taucher einsetzen.", sagte Klaus Steiner. Henry antwortete mit zittriger Stimme: „Ja, ich glaube schon, dass sie ihr Bestes geben."

Tage später musste Klaus Steiner von der Wasserschutzpolizei Taucher einsetzen. Doch keine Spur von einem Motorboot, geschweige denn von Frau Bremer. Genau einen Monat später, bekam Henry Bremer Post. Ein Brief, worin stand, dass er, wenn er seine Frau wieder haben wolle, eine Million Euro, in großen Scheinen, in ein Flughafenpostfach in Westerland, mit der Nummer 34, legen solle. Wir geben ihnen dafür 12 Stunden Zeit, stand in diesem Brief, der mit einer sehr undeutlichen und kindlichen Handschrift geschrieben war.

Henry wurde blass, sein Herz raste, sodass er seinen Herzschlag hören konnte. Als er sich etwas gefasst hatte, rief er Anna Feddersen und Thomas Sörensen an. Er kannte die beiden Kommissare gut. Damals ging es um Diebstahl. Der gesamte, sehr kostbare Schmuck seiner Frau, wurde aus dem Hotelsafe gestohlen.

Um den Schmuck und die persönlichen Dinge zurückzubekommen, sollte der Kaffeefabrikant Henry eine Million in einem Bahnhofsschließfach deponieren. Sie vereinbarten damals, dass der Schlüssel in einem kleinen Mauerspalt über dem Schließfach gesteckt werden sollte. Die Stimme des Erpressers war verstellt und nicht zu erkennen. Jedenfalls drohte man damit, seine Frau bei Nichtbezahlung des Lösegeldes umzubringen. Weder Anna Feddersen, noch Herr Bremer, konnten die Vorfälle richtig deuten.

Anna versuchte zu kombinieren. „Eine reiche Unternehmergattin wird samt ihrem Boot gekidnappt und nun wird Herr Bremer erpresst. Wo soll ich da anfangen?", überlegte die junge Kommissarin. Sie rief den Unternehmer Henry Bremer an und sagte: „Bitte, wir müssen es darauf ankommen lassen, geben sie den Erpressern nach und deponieren sie das Geld, alles andere überlassen sie uns."

Wochenlang passierte nichts. Von morgens bis zum Abend wurde nun das Schließfach im Bahnhof überwacht. Doch eines Abends, als sie die Hoffnung schon aufgeben wollten, hatten sie Erfolg.

Eine mittelgroße Person ging langsam auf das Schließfach zu. Die Gestalt war völlig verkleidet und glaubte, so nicht aufzufallen. Doch trotz Sonnenbrille, langem Mantel und Perücke, konnte man schnell hinter das Geheimnis kommen. Gierig griff diese Person in den Mauerspalt und fingerte den Schlüssel heraus. „Komisch", sagte Anna. „Das sind doch Frauenhände.", kam ihr in den Sinn. Die sonderbare Gestalt schloss hastig das Schließfach auf und griff zu den Geldbündeln. Schnell stopfte sie das

Geld in einen Rucksack. In diesem Augenblick schlugen Anna Feddersen und ihre Kollegen zu. Sie hielten die Person fest, nahmen ihr den Rucksack weg und rissen ihr die Perücke herunter.

Fast blieb der Kommissarin der Atem stehen. Zum Vorschein kam die Ehefrau des Unternehmers Henry Bremer. Margot Bremer wäre am liebsten im Erdboden versunken. „Da schlägt es doch dem Fass den Boden aus.", schimpfte Anna. Sie musste sich zusammen reißen, denn ihre Impulsivität hat sie schon oft in Schwierigkeit gebracht. „Wir werden uns lange unterhalten müssen, Frau Bremer.", sagte sie.

Auf dem Kommissariat erzählte Margot unter Tränen: „Ich wollte einfach nur weg, weit weg." Weiter erzählte sie: „Ich konnte diesen Druck nicht mehr ertragen." Ohne Pause redete sie weiter: „Wir sind millionenschwer und doch musste ich um jeden Euro betteln. Ich wollte einfach nicht mehr." Sie sagte: „Ich hatte vor, mir in Texas eine Ranch zu kaufen und wäre mit einem anderen Namen untergetaucht. Diese Million hätte aus meinem Mann keinen armen Menschen gemacht und meine Seele wäre endlich frei gewesen." „Ich muss sie trotzdem verhaften, Frau Bremer, denn sie haben sich strafbar gemacht.", sagte die Kommissarin. „Wir haben alle miterlebt, wie ihr Mann gelitten hat, darum kann ich ihr Verhalten nicht nachvollziehen.", schimpfte Anna. Das war damals... und was erwartete die Kommissare heute?

Das Sonderdezernat schaltete eine Großfahndung. Und plötzlich ging alles sehr schnell. An der dänischen Küste wurde das Boot gesichtet. Dänische Kollegen beobachteten ein Paar, das hin und wieder nach dem Boot schaute. Sie wurden verhaftet. Anna Feddersen ahnte eine Verbindung zum damaligen Fall. Sie sollte Recht behalten, Margot Bremer war wieder die

Drahtzieherin. Sie hatte nun einen Freund, beide wollten mit der Million in die Staaten. „Erzählen sie mir nicht wieder eine Geschichte unter Tränen. Ich bringe sie gleich zum Staatsanwalt.", sagte Anna angesäuert.

„Was treibt einen Menschen dazu, so zu handeln? Habgier, Angst und Verzweiflung? Ich weiß es nicht. Doch es gibt nun einmal Gesetze in diesem Land, die uns den Weg weisen und uns einfach nicht erlauben, mit der Angst der Anderen zu spielen. Es steht uns nicht zu, zu erpressen, zu stehlen, zu betrügen oder gar zu morden.", dachte Anna im Stillen.

Durch eine spezielle Ausbildung ist das Sonderdezernat Hörnuml in der Lage, auch die Fälle zu lösen, die schon lange als ungelöste Fälle in den Aktenschränken verstaubt sind.

Missbraucht und entsorgt

Lars, ein 18 jähriger junger Mann, wohnte mit seinen Eltern Sven und Margo Hansen in Alt-Westerland in der Nähe der Dorfkirche Sankt Niels. Ein relativ ruhiger Ort. Tagsüber spielte sich nie viel ab. Lars arbeitete, nachdem er seine Ausbildung als Agrarier gemacht hatte, im landwirtschaftlichen Betrieb seiner Eltern mit. Der Betrieb lag in Archsum. Einige Felder, Kühe und Schafe gehörten dazu. Lars setzte sich für die Interessen der Landwirte mit vollem Eifer ein. Die Arbeiten machten ihm Freude. Niemand rechnete in dieser stillen Gegend mit einem so grausamen Mord. An einem Sonntagmorgen fand Sven Hansen seinen Sohn wie auf einer Schlachtbank aufgebahrt. Im Gerätehaus seines Anwesens lag er lang ausgestreckt auf einer großen Werkbank. Arme und Beine auseinander. Hände und Füße waren festgenagelt. Den Mund hatte man dem Toten weit geöffnet und eine Fahne hineingesteckt mit der blutigen Aufschrift: Er hat es verdient.

Sven Hansen brach zusammen. Zu grausam war der Anblick seines geliebten Sohnes. Sven wurde bewusstlos und erwachte erst wieder im Krankenhaus. Man erzählte ihm noch einmal vorsichtig was geschehen war. „Wo ist meine Frau!", rief Hansen laut und weinte fürchterlich. Jetzt half ihm nur noch eine Beruhigungsspritze. Er fiel in einen Dämmerschlaf und wurde erst wieder wach, als die beiden Kommissare Rene Brandt und Thomas Sörensen eintraten. Sie setzten sich an sein Bett und erzählten ihm, dass seine Frau Margo immer noch nicht das Bewusstsein erlangt hatte. Der Schock war einfach zu groß, den sie erlitt. Weitere Informationen und Fragen wollten sie sich sparen und verabschiedeten sich vorläufig von ihm.

Der benachbarte Bauer Knut Rassmus wollte am Tage des Mordes bei den Hansens frisches Lammfleisch abholen. Dies stellten die Beamten nach einigen Recherchen fest. Knut Rassmus selbst züchtete Pferde. Er besaß riesige Äcker auf denen er Mais und Getreide anbaute. So richtig konnten die Familien sich untereinander nie anfreunden. Ständig musste sich Knut Rassmus von Sven Hansen anhören, wie leichtsinnig er doch sei mit dem Gatter für seine Pferde. Zu oft sprangen die Tiere hinüber und liefen auf Hansens Felder herum. Jahrelange Streitigkeiten zermürbten die Familien. Irgendwann platzte Knut Rassmus der Kragen. Konnte er sich denn nicht auch freundschaftlich mit ihm auseinandersetzen?

„Viel hätte man in der Vergangenheit schon regeln können.", dachte Rassmus. Aber wenn er genau darüber nachdachte, wollte er es eigentlich nicht. Er hatte hauptsächlich etwas anderes vor. Einen riesen Denkzettel musste er den Hansens verpassen. Dieser grausame Plan reifte in seinem kranken Gehirn schon lange heran.

Der Zustand von Margo und Sven Hansen besserte sich nur langsam. Zu schlimm war das, was sie erleben mussten. Einige Tage später versuchten die Beamten erneut etwas von den Hansens zu erfahren. Jede Kleinigkeit könnte zur Aufklärung des Falles beitragen. Man konnte deutlich merken, dass Sven Hansen unter Beruhigungsmitteln stand. Rene Brandt fragte ihn über seinen Nachbarn Rasmus aus und bekam eine Antwort, mit der er nicht gerechnet hatte. Es stellte sich heraus, dass Rassmus schon mal wegen Kindesmissbrauchs gesessen hatte. „Sven, können sie uns noch etwas mehr sagen? Was fällt ihnen noch ein über diesen Typ?", fragte Thomas Sörensen. Noch bevor Hansen antworten konnte, fiel er in einen tiefen Schlaf. „Komm Rene, wir gehen.", sagte Thomas Sörensen. „Ich glaube wir können heute hier nichts mehr erfahren!"

Die beiden Beamten von der Hörnumer Sonderkommission H1 zogen davon. In ihrem Büro angekommen, machten sie sich über diesen grausamen Mord Gedanken. „Mensch, Rene.", sagte Thomas Sörensen. „Der Junge ist regelrecht hingerichtet worden! An Händen und Füssen festgenagelt, einfach grausam." „Hatte Lars Hansen eigentlich Feinde?", fragte Rene. „Keine Ahnung", meinte Thomas Sörensen, „lass uns forschen, wer zu seinem engsten Bekanntenkreis zählte. Vielleicht kommen wir da weiter!" Also legen wir los.

Margo und Sven Hansen wurden einige Wochen später entlassen. Sie wollten sich sofort mit Arbeit von ihren Sorgen und ihrer Trauer ablenken. Es fiel ihnen sehr schwer. Lars war nicht mehr da und der Tatort lag so, dass er zwangsläufig ständig daran vorbei musste. Auch an diesem Tag. „Na nu, was ist denn das? Margo, komm doch mal schnell her.", sagte er. „Schau einmal", rief er. Eine abgeschlagene Fingerkuppe lag auf dem Boden. Ohne zu überlegen, wickelte Sven den Finger in ein Tuch und legte ihn in den Kühlschrank.

Er rief sofort Thomas Sörensen und Rene Brandt an. Der Finger sah noch relativ frisch aus, auch kein Wunder bei der Kälte. Die Inspektoren kamen so schnell sie konnten. Schnell fuhren sie mit der Fingerkuppe, in einem Kühlbehälter, zur Pathologie. Nach eingehender Untersuchung stellte man fest, dass diese Fingerkuppe einem zwischen 30 und 40 Jahre alten Menschen gehörte. Die Beamten waren sprachlos. Der Fall wurde immer eigenartiger. Wo sollten sie nur anfangen zu suchen? Aus anfänglichen Recherchen wussten sie, dass Rassmus kein unbeschriebenes Blatt war. Könnten sie etwa Glück haben? Rasmus hatte ein dunkles Geheimnis jahrelang mit sich herumgetragen.

Der Missbrauch eines Kindes brachte ihn für lange Zeit ins Gefängnis. Es kam noch Raub und Waffenschmuggel dazu. Wegen guter Führung entließen sie ihn unverständlicherweise viel zu früh. Er hasste seine Nachbarn und wollte sich an ihnen rächen, vermuteten die Kommissare. Sie sollten wohl Recht haben. Sie beschlossen so schnell wie möglich den Bauernhof des Knut Rassmus aufzusuchen. Rassmus saß im Hof seines Anwesens auf einem Stuhl mit dem Rücken den Männern zugewandt. Thomas rief laut: „Rassmus, drehen sie sich doch einmal um, wir müssen ihnen einige Fragen stellen." Doch dieser antwortete nicht. Neben ihm auf dem Boden lagen ein Abschiedsbrief und eine Waffe. Blut tropfte auf den Boden. Rene schrie immer noch: „Verdammt noch mal, drehen sie sich doch um, sind sie schwerhörig?" Er konnte die Situation noch nicht realisieren. „Lass' mal Rene", sagte Thomas, „da kommt nichts mehr, er hat sich erschossen!" „Ist auch wohl besser für ihn, denn im Knast hätte man Hackfleisch aus ihm gemacht." In dem Abschiedsbrief gestand Rassmus den gemeinen Mord. Wie sich später herausstellte, fanden Beamte am Tatort in Archsum eine zweite Blutgruppe. Rassmus muss sich dort wohl bei seiner Tat verletzt haben und warf seine Fingerkuppe dort weg.

„Hast du Lust zum Feierabend ein Bierchen mit mir zu schlürfen Thomas? Ich lade dich ein? Morgen wartet wieder reichlich Arbeit auf uns." Rene grinste: „Ja, komm', hauen wir ab."

Roswell auf Sylt?

Die Strandpromenade in Westerland war recht gut besucht. Der Himmel war wolkenlos, ganz langsam zog die Sonne in Richtung Westen. Vater und Sohn Feddersen genossen diesen Spätsommertag. Sie saßen nahe der Musikmuschel und beobachteten das Treiben auf dem Gehweg, die Wellen der Nordsee und die Nahrungssuche der Möwen. Beide lachten als ein Urlauber in jeder Hand einen Teller mit Bratwurst irgendwie zu seinem Strandkorb bringen wollte und von Möwen attackiert wurde. „Die haben doch einen Plan!", lachte Werner Feddersen. „Hier sitze ich jeden Tag seitdem Mutter nicht mehr bei uns ist. Pass' auf, einige Möwen lenken den Urlauber rechts ab und links schlägt eine Möwe zu.", sagte Werner Feddersen. Und tatsächlich, so kam es auch. Beide lachten und amüsierten sich.

„Hast du etwas von deinem Freund Robert gehört, Vater?", fragte Martin. „Ich habe ihn vor drei Wochen besucht, er ist seit 1977 im Betreuten-Wohnen, ja, das war bitter für ihn.", fuhr Werner fort. „Du erzähltest mir nie alles von früher, was ist denn nun wirklich passiert in den Dünen? Eigentlich wolltet Ihr doch schon in den 1950'ern ein Sonderdezernat gründen, oder?", wollte der Sohn wissen.

„Zu meiner Berufszeit hätte und durfte ich darüber nie sprechen dürfen. Dann wäre meine berufliche Laufbahn zu Ende gewesen. Aber mein Freund und Arbeitskollege Robert, damals Kriminalmeister konnte alles nicht richtig verkraften. Wir waren auf der Panzerstraße vor List unterwegs. Eigentlich war es ein offizieller Einsatz. Wir sollten zum Leuchtturm West fahren. Du weißt der, der am Ellenbogen liegt." „Ja, Vater, ich war mit Anna und Paul zum Windsurfen dort.", warf Martin ein. Werner Feddersen fuhr fort: „Wir sahen einen Leuchtpunkt zwischen den Wolken. Es war um etwa 9 Uhr. Die Sonne stand rechts von uns. Wir stiegen aus Auto, es war Roberts Privatwagen. Wir wollten das Objekt direkt sehen, ohne Spiegelungen der Autoscheibe. Einen DKW hatte Robert. Der Leuchtpunkt wurde greller, er kann aber auch ganz einfach näher gekommen sein. Wir wussten nicht, wird er nur heller oder kommt er auf uns zu. Dann hörten wir einen lauten Knall. Der Leuchtpunkt war aber immer noch zwischen den Wolken. Später vermuteten wir, es muss etwas mit der Überschallgeschwindigkeit zu tun haben. Plötzlich wurde aus dem

Leuchtpunkt ein Objekt. Es taumelte. Das Objekt sah metallisch aus, eher oval, nicht rund. Es taumelte wie ein Schiff auf der Nordsee. Plötzlich zündeten irgendwelche Düsen, die zur Erde gerichtet waren. Es schien abzustürzen, es kam näher und näher. Es war so nahe, wir erkannten eine Zigarrenfom, ohne Flügel, ohne Fenster. Lediglich Düsen waren zu erkennen. Vier hinten, vier um das Objekt verteilt, eine vorne. Mein Gott, schrie ich, das ist ein UFO! Wir suchten Deckung links neben der Panzerstraße im Graben. Das UFO schoss auf die Dünen zu, taumelnd schaffte es das UFO, dass es im flachen Winkel einschlug. Wieder ein lauter Knall. Mit eigener Kraft stieg es wieder auf. Es gewann an Höhe und flog in Richtung Westen ab. Ein weiterer Knall und das Objekt war verschwunden.

Robert und ich fanden einen Gegenstand an der Einschlagstelle, ein Teil der vorderen Düse, leicht wie Kunststoff war es. Das Labor stellte fest, es war härter als Stahl. Wir wurden verpflichtet über diesen Vorfall nichts zu sagen. Zuerst wollten wir nämlich ein Sonderdezernat gründen, aber es gab Befehle von ganz oben. Robert hatte danach schlimme Albträume. Einige Jahre später ging er in den Vorruhestand. Seit 1970 schaut Robert mich nur noch mit einem leeren Blick an. Ja, Sohn, das war 1957. Ja, so war es, genau so. Heute bin ich 88 Jahre, mir würde eh niemand glauben."

„Danke, Vater, dass Du mir dies anvertraut hast. Dann habt ihr beide ja euren eigenen Roswell-Zwischenfall erlebt... unglaublich.", sagte Martin Feddersen und nahm seinen Vater in den Arm.

Es war ein herrlicher Tag. Die Möwen suchten immer noch nach Opfern. Bratwurst ohne Senf wäre toll für sie. Die Sonne ging langsam im Westen unter, groß und rot war sie.

Sein letzter Fall

Das Sonderdezernat H1 existiert nun bereits 57 Jahre. Wir sind im Jahr 2021. Kriminalhauptmeister Werner Feddersen ist längst in den verdienten Ruhestand versetzt worden. Mittlerweile ist er 95 Jahre. Seine Frau ist vor 10 Jahren gestorben, sein Sohn Martin ist Kommissar und seit vielen Jahren Dezernatsleiter. Martin Feddersen ist glücklich mit seiner Ilona verheiratet. Zwei Kinder haben sie, Anna und Paul. Wie sollte es anders sein sind beide im Polizeidienst. Paul arbeitet in Bayern, dort hat er seine große Liebe gefunden. Anna blieb auf der Insel, sie geht ganz in den Fußstapfen vom Opa und vom Vater auf. Sie arbeitet auf die Übernahme des Sonderdezernat H1 hin. Immerhin ist ihr Vater Martin bereits 65 Jahre.

„Moin, Sherriff!", rief Martin seinem Vater zu. Sein Vater lebte mittlerweile im Betreuten-Wohnen in Westerland. „Moin Junge, was bringst Du Gutes bei dem Sturm?", antwortete Vater Werner. „Ich habe da so einen Fall der mit Deiner Dienstzeit zu tun haben könnte. Der Hafen von Hörnum wird gerade modernisiert. Bei Abrissarbeiten wurden Mauern des ehemaligen Towers des Seefliegerhorstes freigelegt.", erzählte Werner. „Ja, mein damaliges Hauptquartier in den 1960'er Jahren. Dort bauten wir das Sonderdezernat H1 auf.", erinnerte sich der Ex-Kriminalhauptmeister. „Ich weiß, ich weiß, Vater. Und Du hast den Revolver immer lässig getragen.", sagte Martin ungeduldig. „Ha, ha, ha!", lachte Werner, „dabei hatte ich ihn nur ganz selten dabei. Mit Logik und Verstand löste man die Fälle."

„Ja, Du hast ja Recht, Vater. Auf jeden Fall haben Bauarbeiter eine recht gut erhaltene Leiche hinter einer zweiten Wand entdeckt. Er war der

Politiker Ernst Bredenger, sagt Dir das etwas?", fragte Martin Feddersen. Werner Feddersen war zwar an Demenz erkrankt, aber sein Langzeitgedächtnis arbeitete tadellos, und so freute er sich darüber, zu dem Fall etwas beitragen zu können. „Warte Sohn, warte. Ja sicher, ich erinnere mich. Es war die Zeit um 1960 bis 1966. Das Sonderdezernat H1 hatte mit den schweren Jungs auf See zu tun. Es wurde viel geschmuggelt. Die Wasserschutzpolizei schloss sich uns an. Wir arbeiteten eher verdeckt. Die Politik machte aber ein riesiges Getöse aus der Sache. Ich erinnere mich noch, als dieser Politiker, na, wie hieß er noch?" „Bredenger, Ernst Bredenger, Vater", warf Martin ein. „Ja, richtig, Bredenger. Er erklärte den Schmugglern den Krieg. Sylt solle sauber bleiben, rief er laut auf dem Rathausplatz. Und was war? Er wurde von einem gut betuchten zugezogenen Kriminellen bestochen. Wir nannten den Fall damals den Schickimicki-Fall und dachten, dass der Politiker über alle Berge war. Und der ist jetzt gefunden worden? Das ist ja ein Ding." „Kannst du dich an den zugezogenen Mann erinnern?", fragte Martin. „Nein, den haben wir nie gefasst. Der einzige Fall, der unter meiner Leitung nie aufgelöst wurde. Aber warte, da ist noch etwas. Er sagte immer zu unserem Spitzel, dass er in der Lage sei, Blitzschnell zu flüchten. Hilft dir das, Sohn?", sagte der Ex- Kriminalhauptmeister Werner Feddersen. „Ganz bestimmt, Sherriff. Lass' uns am Sonntag Mutter auf dem Keitumer Friedhof besuchen. Ist das OK?", fragte Martin. „Prima, ich freue mich!", rief der Vater seinem Sohn bei der Verabschiedung zu.

Im Sonderdezernat H1 trug man alle Fakten zusammen. „Wenn wir den Fall noch aufklären, dann kannst du ja beruhigt in Rente gehen.", sagte Kommissar Jürgens, der gerade vom Festland aus die neue vierspurige Straße über den Hindenburgdamm benutzen durfte. „Ist bestimmt viel los auf der neuen Strecke?", fragte ein Kollege. „Ja, das schon. Ich war gestern bei der Einweihung dabei und übernachtete bei meiner Schwester in Niebüll. Aber es war doch notwendig, nachdem der Zugverkehr für Fahrzeuge eingestellt wurde. Es gibt viele Vorteile, so lässt sich doch für eine geringe Gebühr mal eben die Insel besuchen. Auch sind viele Pendler wieder auf die Insel gezogen. Bald gibt es die vierfache Zahl an Insulanern gegenüber 2015. Da hat die Politik ein gutes Werk getan.", so Jürgens. „Apropos Politik, was ist nun mit unserem Fall, dem Politiker?", drehte Kommissar Martin Feddersen die Unterhaltung wieder in die richtige Richtung. „Was meinte dein Vater damit, dass dieser Mister X blitzschnell die Insel verlassen könne?", fragte ein Kommissar Rene Brandt. „Ich vermute", so Martin Feddersen, „unser Mister X müsste nahe am Flughafen, an den Häfen List, Munkmarsch oder Hörnum wohnen oder am Sylt-Shuttle in Westerland. Ich habe da so eine Idee. Anna, gehe bitte zum Bauamt und lass' dir eine Liste über Neubauten in den 1960'er Jahren geben."

Am nächsten Tag arbeitete das Sonderdezernat-Team diese Listen ab. Ein verdächtiger Eintrag ließ die Beamten aufhorchen. Der Eintrag im Grundbuchamt „Ungereimtheiten beim Erwerb des Grundstücks Westerland nahe Bahnhof F65/Akte 3487" deutete vielleicht auf Bestechung hin, denn der Besitzer war bei der Polizei aktenkundig. Natürlich konnten die Beamten auch völlig falsch liegen. Die Kommissare Feddersen und Tochter überprüften das Grundstück und die Bewohner. Im besagten Haus trafen sie auf den 77 Jährigen Horst Hofer. Das Haus war sehr luxuriös eingerichtet. Ein Geländewagen und ein Jaguar standen vor der Tür. Horst Hofer mit Goldkettchen und braungebrannten Körper. „Moin, Herr Hofer. Ich habe da einmal eine Frage und würde gern sofort zur Sache kommen.

Sagt Ihnen der Politiker Ernst Bredenger etwas?", fragte Kommissar Martin Feddersen. „Äh, lassen sie mich überlegen, Herr Kommissar.", antwortete Horst Hofer. „Herr Hofer, Ihre Fingerabdrücke wurden auf Gegenständen des toten Politikers gefunden. Was sagen Sie nun?", sagte Kommissarin Anna Feddersen forsch. Nach einem weiteren intensiven Verhör im Gebäude des Sonderdezernat HI gestand der 77 Jährige den Mord. Und Mord verjährt nie.

Tage später besuchte Familie Feddersen wie versprochen mit Sherriff Werner Feddersen den Keitumer Friedhof. Danach ging es zu einem Gebet in die Kirche St. Severin. Es war ein herrlicher warmer Tag mit einem strahlend blauen Himmel. Martin Feddersen nahm seine Tochter Anna und seinen Vater Werner in den Arm und sagte: „Alles geht seinen Weg, alles kommt so wie es kommen soll. Dein Opa, liebe Anna, war mein Vorbild und gründete das Sonderdezernat HI in Hörnum. Morgen übergebe ich dir die Leitung. Ich freue mich, dass auf der Insel Sylt immer Recht und Ordnung durch unsere Familie herrschte. Ich bin stolz drauf." „Und denke daran, liebe Enkelin, die Dienstwaffe muss zwar sein, aber löse Deine Fälle immer mit Logik und Verstand. Herzlichen Glückwunsch zur Beförderung.", sagte der Ex-Polizeihauptmeister Werner Feddersen. Es war ein herrlicher Tag auf der Insel Sylt.

Annas Fall

Wenn ich mich noch nicht vorgestellt habe, so tu ich es hiermit. Ich heiße Anna Feddersen, bin 30 Jahre jung und trete das Erbe meines Großvaters und Vaters an. Ich habe vor kurzem das Sonderdezernat H1 übernommen. Nun lasse ich die Herren Kollegen nach meiner Pfeife tanzen. Natürlich so, dass sie es nicht merken. Rene Brandt hat sich unsterblich in mich verguckt. Ich hatte es sehr früh gemerkt, aber mir nichts anmerken lassen. Hatte mich einfach blöd gestellt. Jedenfalls sind wir nun ein Paar. Rene ist wieder ledig. Seitdem er von seiner Frau geschieden ist, hat er nur Ärger mit dieser Schnepfe. Sie will immer mehr, obwohl sie ihn schon nackt ausgezogen hat. Rene ist ein toller Mann und hat so einen Scheiß nicht verdient. Den letzten Fall, den ich bearbeiten musste, bevor ich meinen ersten Urlaub antreten konnte, war folgender: Marion Hinrichsen ist hier aus Hörnum. Sie kam an diesem Tag aufgelöst und weinerlich in das Kommissariat und meldete ihren fünf Jahre alten kleinen Sohn als vermisst an. Er war, laut ihrer Aussage, schon über einen Tag verschwunden. Wenn ich gewusst hätte, dass diese Frau eine notorische Lügnerin und Psychopathin ist, hätte ich mich auf diesen Fall nicht eingelassen. Wir machten uns mit einem riesigen Aufgebot von Polizisten auf den Weg um das Kind zu suchen und fanden ihn nicht.

Das ging tagelang so. Suchmeldungen und Plakate gingen über die ganze Insel. Nichts. Langsam hatte ich, so traurig es klingen mag, die Schnauze voll, denn ich traute dieser Frau nicht. Meine Menschenkenntnis war so groß, dass ich wenig später bestätigt bekam, was ich vermutete. Was wollte diese Hinrichsen? Was bezweckte sie mit dieser Aktion? Wo war der Junge? Ich glaubte nicht an eine Entführung. Sie behauptete, dass ihr geschiedener Mann etwas mit dem Verschwinden des Kindes zu tun hätte. Sie meinte auch, dass Olaf Hinrichsen, der Vater des kleinen Jungen, seine Finger da mit drin habe. Unglaublich. Der Fall wurde immer eigenartiger. Olaf Hinrichsen wurde von der örtlichen Kripo aufgesucht. Er wohnt am Ellenbogen der Insel. Tja, Olaf war ein liebevoller Vater, der sich immer gut um seinen Sohn kümmerte. Seine Nachbarn bestätigten dies. Hinrichsen hatte mit der Sache nichts zu tun, dass stand fest. Die Aufregung wuchs und wuchs. Olaf Hinrichsen kam ins Kommissariat und wollte helfen seinen Sohn zu finden. Hinrichsen ließ durchblicken, dass er seiner Frau nicht traue, denn sie wäre ganz schön sauer auf ihn. Olaf konnte ihr einfach nicht die Liebe geben, die sie von ihm erwartete, denn die Gefühle für diese Frau waren recht schnell abgekühlt. Oft behandelte sie das Kind ungerecht und schlug ihn. Olaf wollte das Sorgerecht für sich selbst beantragen, hatte aber kein Glück. Man glaubte nur Marion. Sie war die Mutter und das Kind sollte bei ihr bleiben. Marion Hinrichsen blieb jedenfalls dabei, dass ihr geschiedener Mann etwas mit dem Verschwinden des Kleinen zu tun habe. Nun gut, eines Morgens machten wir uns auf den Weg zur Wohnung von Marion Hinrichsen. Mir schwante etwas Schlimmes. Dort angekommen, stellten wir fest, dass diese Frau in einem tollen Reihenhaus lebte. Olaf hatte es ihr und dem Jungen überlassen. Geld hatte er genug. Er verdiente Millionen mit seinen Unternehmungen. Er vermietete für viel Geld Baumaschinen an Firmen, denn gebaut wird auf Sylt ständig. Rene, Thomas, Olaf und meine Wenigkeit, standen nun vor der Tür. Ich hatte ein komisches Gefühl und es sollte mich auch nicht täuschen.

Einen Summton vernahmen alle, nein, es war ein Wimmern. Vielleicht von einer Katze? Olaf Hinrichsen erkannte sofort, dass es sich um die Stimme von seinem kleinen Jungen handelte. Wir klingelten. Nach einer Weile öffnete Marion. Diese dummdreiste Person fragte uns auch noch, was wir denn wollten und was ihr geschiedener Mann hier zu suchen hätte. Dieses Luder behauptete auch noch, dass Olaf ihren Sohn schon des Öfteren entführt hätte. Er solle doch gefälligst ihren Sohn zurückbringen. Das schlägt doch wohl dem Fass den Boden aus, oder? Wir stießen diese völlig kranke Frau zur Seite und bahnten uns einen Weg in Richtung Keller. Das Weinen des Kindes wurde immer lauter und eindringlicher. Olaf forderte seinen Sohn auf, durchzuhalten, er wäre sofort da. Ein riesiger, kalter Keller mit mehreren kleinen Räumen war zu sehen. In einem dieser Räume saß das Kind. An Händen und Füssen festgebunden. Nur mit einem dünnen Hemdchen bekleidet. Er weinte jämmerlich. Olaf Hinrichsen löste sofort seine Fesseln und nahm ihn ganz sacht in den Arm. Er versprach dem Jungen, dass nun alles gut würde und er nie mehr Angst haben müsse. Sein kleiner Körper war auch noch mit roten Striemen übersät. Es stellte sich später heraus, dass der kleine Junge schon jahrelang diese Qualen ertragen musste.

Weil Marion Hinrichsen sich von ihrem Mann nicht geliebt fühlte, ließ sie diesen Frust krankhafter Weise an dem armen Kind ab. Wenn Olaf an seinem Besuchswochenende seinen Jungen abholte, wurde ihm immer gesagt, dass das Kind sich wieder geprügelt habe. Dem Kleinen wurde verboten ein Wort darüber zu sagen, wenn ihn seine Mutter wieder einmal quälte. Aber Olaf hatte schon immer den Verdacht, dass da etwas nicht stimmte. Nun, was soll ich sagen, der Junge kam, nachdem der Vater das alleinige Sorgerecht beantragte, für immer zu ihm. Dies versuchte er in der Vergangenheit schon öfter, doch man gab immer der Mutter den

Vorzug. Marion Hinrichsen wurde in die Psychiatrie eingeliefert und muss danach noch ins Gefängnis. Hoffentlich kommt sie nie wieder frei.

Ach ja, bevor ich es vergesse. Nachdem ich aus dem Urlaub wieder da war, haben Rene und ich uns verlobt. Beim Fischessen überreichte er mir einen tollen Ring. Nun hab ich ihn für immer an der Backe, aber ich liebe ihn eben.

Sylt – Mord unter Deck?

Schweißgebadet wachte Kriminalhauptkommissar Rene Brandt (Endlich die ersehnte Beförderung!) um 7 Uhr auf. „Anna!", schrie er, „ich habe verschlafen!" Jedoch waren seine Frau Anna und Tochter Roberta (Hurra! Ein Kind für Anna und Rene!) auf Mallorca. „Was wollen die beiden auf Mallorca, Sylt ist die schönste Insel.", grummelte Rene. Es war eben ein Gewinn für zwei Personen. Sieben Tage Malle mit allem Drum und Dran.

„Moin!", rief Brandt in die Runde auf der Wache in Westerland. „Schlecht geschlafen, Herr Kollege?", fragte Kommissar Thomas Sörensen. „Ach, Anna ist im Urlaub. Ich habe von einem Mord in List geträumt und dachte ich hätte verschlafen.", so Brandt. „Hier ist doch sowieso nichts los.", sagte Praktikant Hannes Hansen kleinlaut (Endlich ein Praktikant für die Aufräumarbeiten!). „Irrtum, Herr Oberkommissar in Wartestellung! Nicht in List ist etwas los, sondern in Munkmarsch. Meine Herren, ab zum Einsatzort!", entgegnete Sörensen.

Im Hafen von Munkmarsch angekommen zeigte Kellner Jens Janson auf die Motoryacht „Anna Nass". „Na herrlich, Anna Nass, was für ein Name.", dachte sich Rene Brandt in Gedanken an seine Frau Anna. „Der Gast wollte bereits vor dem gestrigen Sturm im Hafen festlegen, nun liegt die Jacht bei Ebbe und Flut am Watt.", so der Kellner. Die Yacht lag leicht gekippt und nun trocken. „Wie kommen wir nun zu diesem Schiff?", fragte Praktikant Hansen. „Na zu Fuß, Hannes, außerdem ist das kein Schiff sondern eine Yacht. Nun hole die Gummistiefel aus dem Auto.", orderte Kriminalhauptkommissar Rene Brandt. „Ich habe auch die Leiter mitgebracht!", rief Hannes Hansen stolz. „Aus dir wird noch ein echter Oberkommissar nach der Wartestellung.", lachte Brandt.

Auf der Yacht fanden sie den leblosen Körper von Dirk van Bertram. Sein Kopf lag in einer Blutlache. Der Tote lag auf dem Bauch. Die Untersuchung begann. „Vergiss die Handschuhe nicht, Hannes!", rief der erfahrene Kommissar Brandt seinem Praktikanten zu. „Hier liegt eine Brieftasche. Der Name des Toten ist Dirk van Bertram. Seltsam, 2500 Euro sind im Scheinfach. Wollte die der Mörder etwa nicht?", wunderte sich Hannes Hansen. „Es muss ja kein Mord sein, Hannes.", entgegnete Brandt. „Er wird sich doch nicht selbst einen auf die Mütze gegeben haben!", lachte der Praktikant.

„Apropos Mütze, eine Kapitänsmütze lag auf dem Deck.", so Brandt und rief Dr. Knudsen in Keitum an, um den Toten untersuchen zu lassen. Nach zwei Stunden haben beide die Yacht auf den Kopf gestellt. Nichts Auffälliges konnten sie finden. „Hannes, hole den Dok aus Keitum ab, er ist jetzt in seiner Praxis.", sagte Brandt. „Chef, die Flut ist gekommen. Soll ich das kleine Schiff nehmen?", fragte Hannes Hansen. „Das ist ein Boot, du Tütkopp, ein Schlauchboot mit Motor!", rief Brandt. „Spaß, Chef, war doch nur Spaß!"

„Moin, Rene. Was kann ich für dich tun?", fragte Dr. Knudsen. „Ach, ich sehe es schon." Dr. Knudsen drehte den Toten auf den Rücken. „Hier ist ja noch eine Brieftasche!", rief Hannes Hansen. „Ja, da schau an. Na, der Fall wird wohl sehr einfach zu lösen sein. Herbert Hövel gehört die Brieftasche. Ausweis, Führerschein und 200 Euro sind darin.", freute sich Kriminalhauptkommissar Brandt. „War es ein Unfall oder ein Mord, Dok?", fragte der Praktikant. „Es war ein Schlag auf die Schläfe, sucht nach entsprechenden Gegenständen.", so der Dok. „Tja, da haben wir viele Möglichkeiten. Hier liegen Sektflaschen, schwere Bierkrüge, Werkzeuge und sogar ein Toaster herum.", der Kommissar fuhr sich durch die Haare. „Es kann ein Unfall gewesen sein, verdächtig ist die zweite Brieftasche.", so Brandt weiter.

Zurück in der Wache schrieb Kriminalhauptkommissar Rene Brandt seinen Bericht. „... es wurde eine weitere Brieftasche gefunden, mit Ausweispapieren von Herrn Herbert Hövel.", murmelte Brandt. „Herbert Hövel?", fragte Kommissar Thomas Sörensen, der gegenüber saß. „Den haben wir vor 2 Stunden aus einer Bar abgeholt. Er konnte die Zeche nicht bezahlen.", so Sörensen weiter. „Dann haben wir ein Problem. Vielleicht war es dann doch ein Unfall.", überlegte Brandt.

Nachfolgende Recherchen ergaben, dass sich Herbert Hövel und Dirk van Bertram gut kannten. Dirk van Bertram war Diamantenhändler und Herbert Hövel Kurier. Herbert Hövel gab an, nachts noch vor dem Sturm eine Tour durch die Whisky-Meile zu unternehmen. Nach dem Abendessen in Munkmarsch steckte van Bertram wohl ausversehen Hövels Brieftasche ein. Hövel konnte seine Aussage belegen und wurde frei gelassen. „Nun, dann wird van Bertram durch den heftigen Seegang und dem Sturm gestürzt sein. So hat er sich dann wohl die Kopfwunde zugezogen.", vermutete Rene Brandt. „Das ist ja wieder ein langweiliger Fall.", murmelte Praktikant Hannes Hansen.

„Auf keinem der Gegenstände sind Spuren zu finden.", sagte der Dok, der seinen Bericht abgeben wollte. „Aber von so vielen Flaschen Rum und Champagner bin ich ganz besurpen, nehmt bloß keine Blutprobe von mir!", lachte der Dok. „Wenn sie wieder nüchtern sind, dann sagen sie, ob ihnen sonst nichts aufgefallen ist.", sagte Brandt. „Wenn sie so fragen, eine Gürtelschlaufe ist gerissen. Aber das wird wohl nicht wichtig sein, obwohl, es ist eine Qualitätshose von Boss.", ergänzte der Dok.

„Hannes, zeige noch einmal die Brieftasche vom Opfer!", rief Brandt. „Schaut einmal, hier ist eine Öse, es könnte eine Kette angebracht gewesen sein.", so Brandt weiter. „Genau, und diese ist an der Gürtelschlaufe befestigt gewesen.", überlegte Dr. Knudsen. „Dann sucht die Kette.", ordnete Thomas Sörensen an.

Die Yacht lag weiterhin im Hafen von Munkmarsch. Kriminalhauptkommissar Rene Brandt und Praktikant Hannes Hansen zerlegten nun alles. „Was vermuten sie, Chef?", fragte Hansen. „Nun, entweder wollte der Tote seine Brieftasche mit einer Kette sichern oder es war etwas an der Kette, was abgerissen wurde.", sagte Brandt. „Finden wir nur die Kette, dann ist der Fall abgeschlossen und Du hast pünktlich Feierabend!", fügte Brandt hinzu.

„Boa, das ist ja Luxus pur, der LED-Fernseher verschwindet auf Knopfdruck hinter eine Wand!", rief Hannes. „Und? Suche weiter!", rief Brandt. „Ja, dieses Bild müsste eigentlich dort hängen, hier ist der Haken zum Aufhängen.", staunte Hannes Hansen. „Chef, da ist ein Tresor hinter dem Fernseher!", schrie der Praktikant. Am Tresor war ein Schlüssel eingesteckt. Am Schlüssel hing eine Kette. Es war die gesuchte Kette. Jetzt ist es wahrscheinlicher, dass es sich doch um Mord handelte. Die Kette mit Schlüssel könnte bei einem Kampf abgerissen worden sein.

„Diamanten, 2500 Euro in der Brieftasche, Alibis, hier stimmt doch etwas nicht.", analysierte Rene Brandt. Brandt ordnete die Überwachung von Herbert Hövel an. Dieser tourte immer noch in der Whiskymeile umher. Jetzt war er in ständiger Begleitung eines jungen Mannes.

„Das ist alles sehr verdächtig. Lasst uns Undercover arbeiten.", sagte Brandt auf der Wache. „Ich erledige das!", rief Praktikant Hannes Hansen. „Na, dann zeige was du kannst, Herr Oberkommissar in Wartestellung.", sagte Kommissar Sörensen.

In der Bar wartete Hansen bis Herbert Hövel abgefüllt war. Das war seine Gelegenheit um mit Hövels Begleiter Kontakt aufzunehmen. Beide schwärmten für Ferrari, Rolex und Frauen. „Ich bin der Siggi. Lass' uns noch einen heben, mein Vater ist ja schon fertig mit der Welt!", sagte Siggi Hövel, dessen Namen ja nun bekannt wurde. „Ja, eine Rolex hätte ich auch gern.", schwärmte Hannes Hansen. „Die kann ich alle kaufen, alle! Schau her, ein ganzes Säckchen Diamanten. Mein Vater und ich handeln damit. Uns gehört die Welt!", ritt sich Siggi in die Falle.

Noch in der gleichen Stunde wurden Vater und Sohn Hövel fest genommen.
Beide gestanden, die Geschichte vorgetäuscht zu haben, um an die
Diamanten zu kommen, was interessieren da 2500 Euro, die Diamanten
hatten einen Wert von einer Million. Siggi Hövel erschlug Dirk van Bertram
und raubte die Diamanten. Die Tatwaffe, ein Flasche Rum warf er über
Board. Der Fall war gelöst. „Endlich einmal Action!", rief Praktikant
Hannes Hansen. Und Rene Brandt war froh, dass seine Frau Anna und
seine Tochter wieder zu Hause waren.

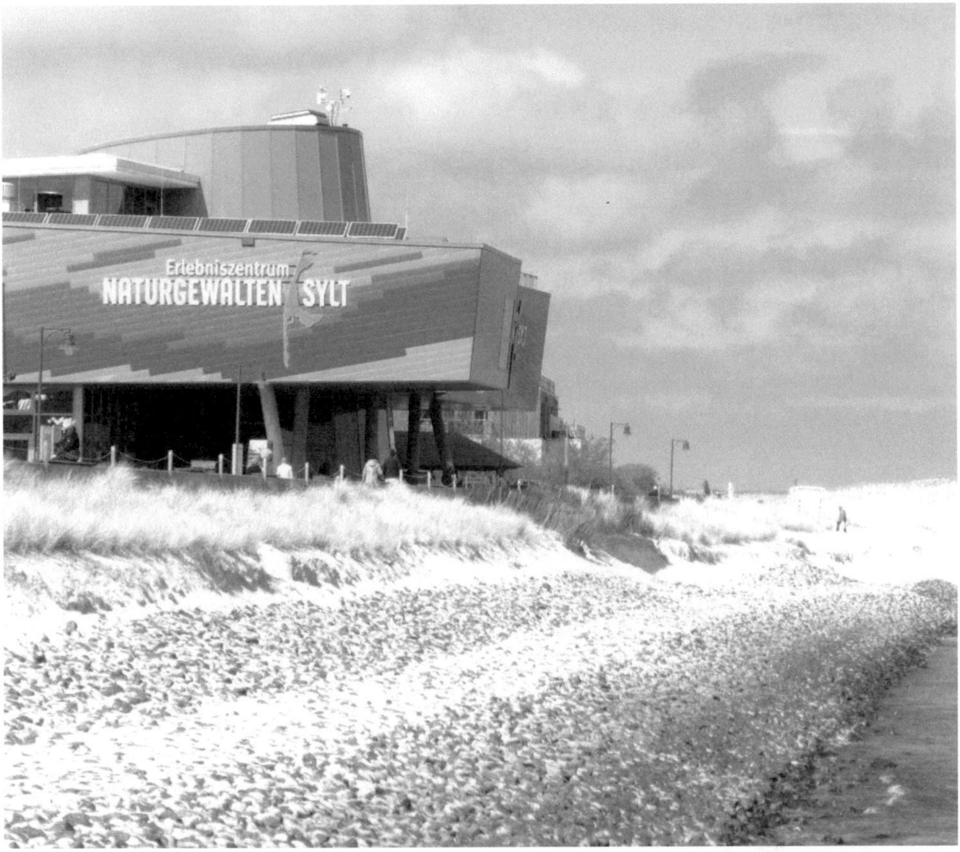
Erlebniszentrum
NATURGEWALTEN SYLT

618
73
68
608
603
71
74
72
75

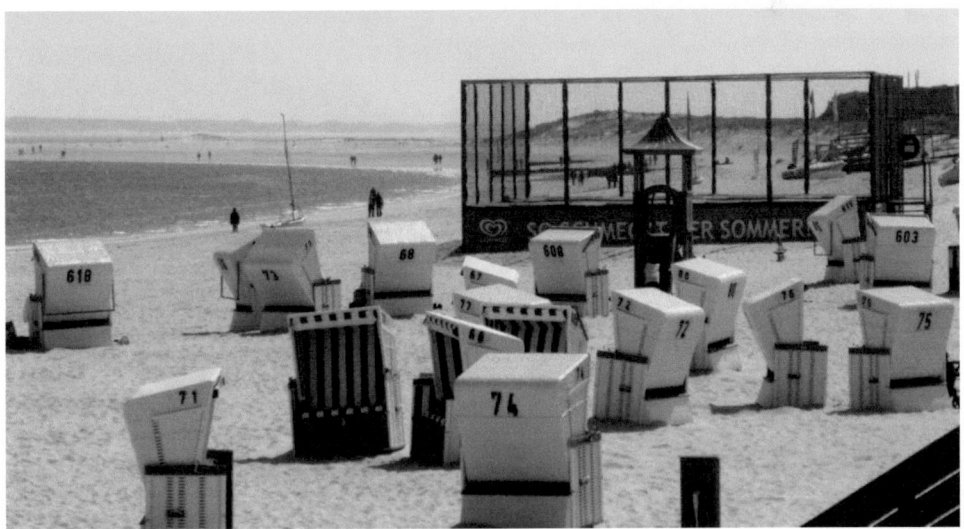

ALTE
TONNENHALLE

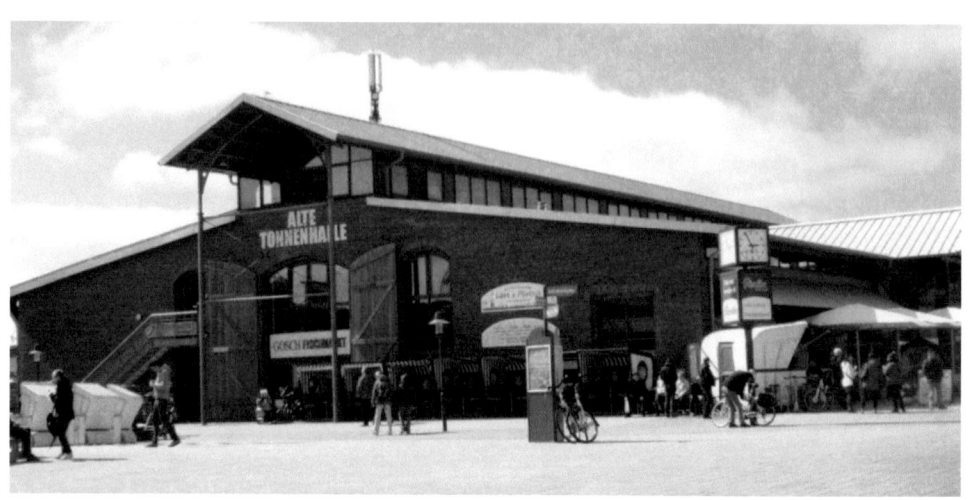

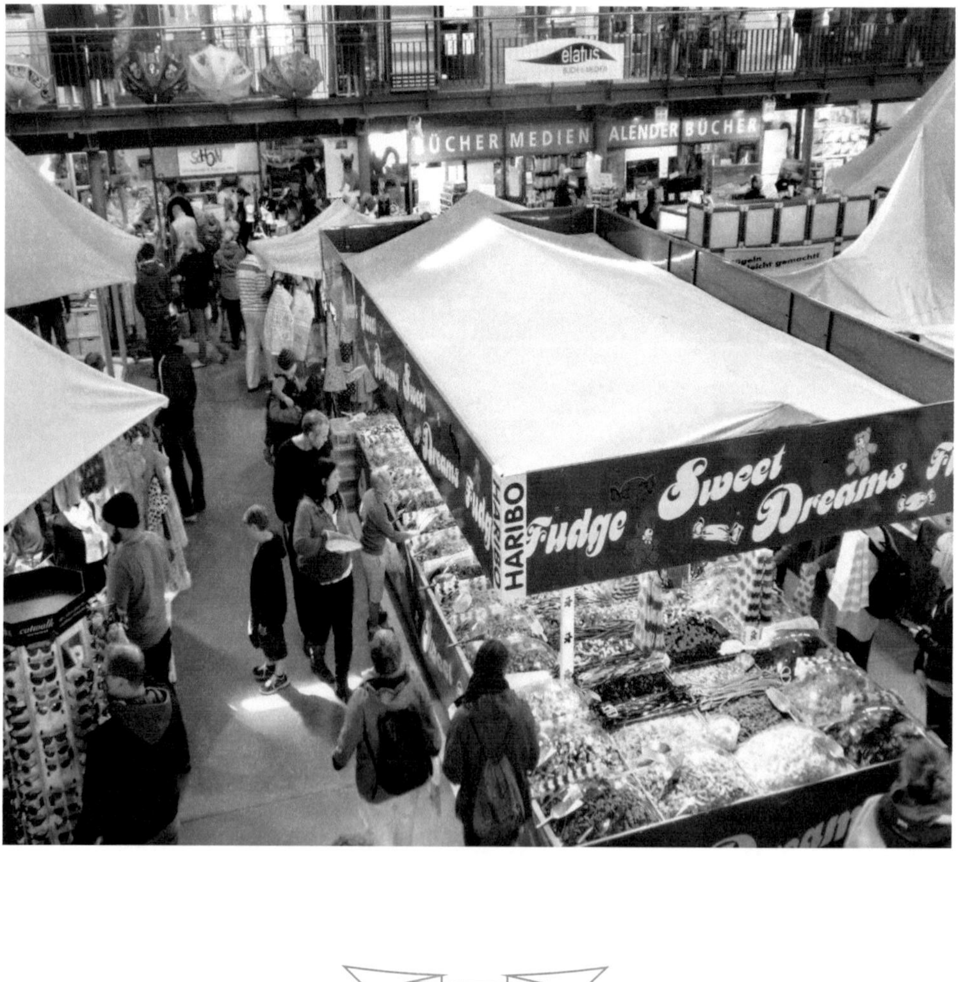
elatus
BÜCHER MEDIEN
ALENDER BÜCHER
HARIBO
Fudge Sweet Dreams

Urlaubstipp:

BIBLIOTHEK WESTERLAND

Seit Mai 2016 hat die Sylt-Bibliothek in Westerland wieder geöffnet. Es stehen rund 15000 Medien für Leser und Besucher zur Verfügung. Das Schöne ist, wir sind mit „SÜLTZ BÜCHER" dabei. Fitus, der Sylter Strandkobold, hat die begehrte Tür geöffnet und ist nun auch im Verleih zu finden. Auch für Sehbehinderte und Hörgeschädigte liegt ein Angebot bereit. Und überhaupt, die Bibliothek ist für Gehbehinderte und Rollstuhlfahrer gut zu erreichen. Behinderten-Parkplätze sind ausreichend vorhanden.

Die Bibliothek ist sehr gut bestückt. Von DVD's, Musik-CD's, Hörbüchern, Romanen, Sachbüchern bis zu Gesellschaftsspielen ist alles und noch mehr für Groß und Klein zu finden.

Öffnungszeiten: Mo, Di, Do, Fr: 10-13 Uhr und 15-18 Uhr

Mi und Sa: 10-13 Uhr

Anschrift: Sylt Bibliothek, Stephanstr. 6B, 25980 Westerland

Ziele auf Sylt mit Handicap erreichen

Sylt mit dem Fahrrad zu erleben, ist Natur pur. Das Gleiche gilt für Wanderungen und Ausflüge. Wer aber, so wie ich, auf den Rollstuhl angewiesen ist, kann nicht alles auf der Insel erleben. Unser Buch „Sylt mit dem Rollstuhl erleben" zeigt Ihnen alles Wissenswerte, wie Telefonnummern, Parkplätze und Bilder der Sehenswürdigkeiten. Alles nach dem Ampelprinzip. Entscheiden Sie selbst, ob Sie das Ziel erreichen können. Hier nun ein kleiner Auszug aus dem Buch:

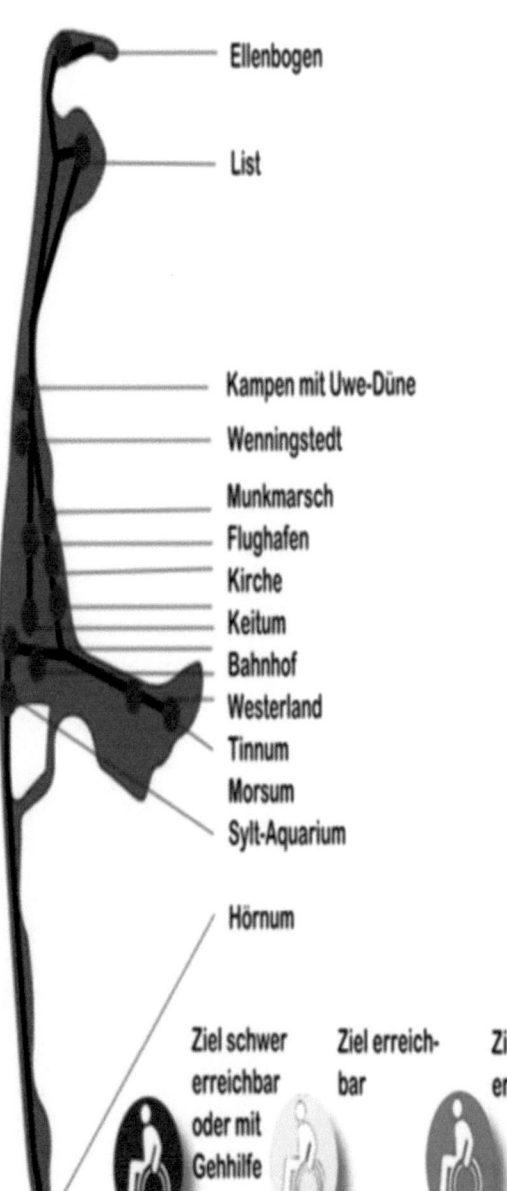

Ellenbogen

List

Kampen mit Uwe-Düne

Wenningstedt

Munkmarsch

Flughafen

Kirche

Keitum

Bahnhof

Westerland

Tinnum

Morsum

Sylt-Aquarium

Hörnum

Ziel schwer erreichbar oder mit Gehhilfe

Ziel erreichbar

Ziel gut erreichbar

Start:
- Bahnhof Westerland
- Flughafen Westerland
- List
- Ellenbogen
- Kampen
- Uwe-Düne
- Wenningstedt
- Munkmarsch
- St. Severin Kirche
- Keitum
- Morsum Eisboot
- Morsum Kliff
- Tinnum
- Westerland
- Sylt-Aquarium
- Hörnum

Die obere Karte zeigt, welche Sehenswürdigkeiten wir besucht haben. Nach dem Ampel-System können Leser und Besucher nun selbst entscheiden, was sie sich zumuten können. Im originalen Buch ist natürlich alles in Farbe auf Hochglanzpapier. Es war der Wunsch von Kommissar Hans Schemberg, solch ein Buch zu verfassen.

Paperback, 200 Seiten

ISBN-13: 978-3-7412-9522-5

Verlag: Books on Demand

Erscheinungsdatum: 24.10.2016

Sprache: Deutsch

Farbe: Ja

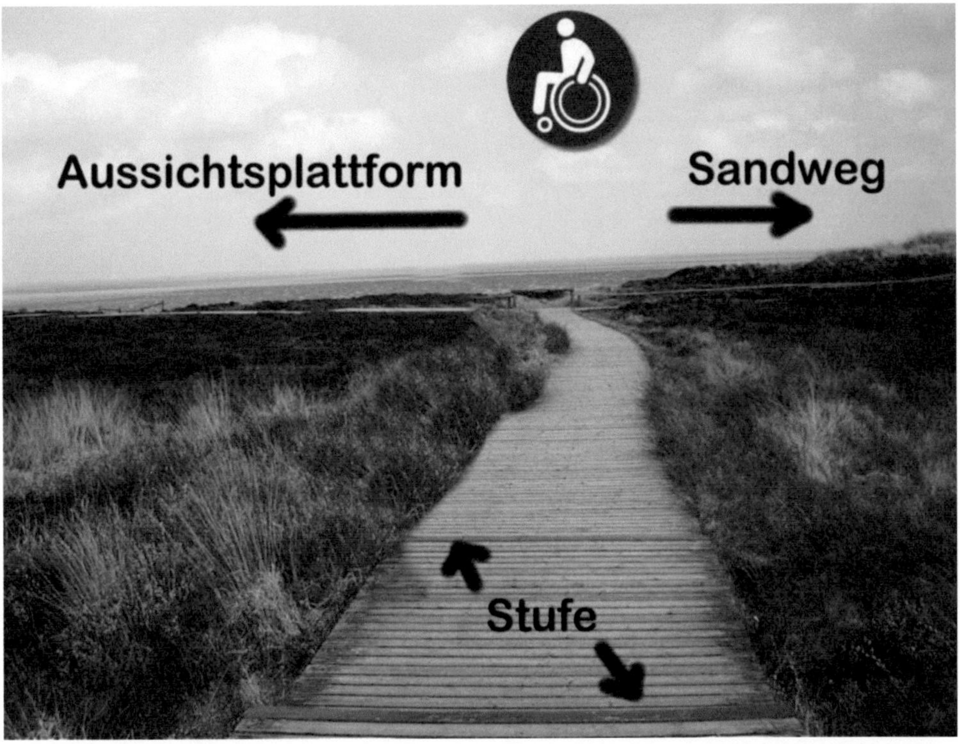

Aussichtsplattform ← → **Sandweg**

Stufe

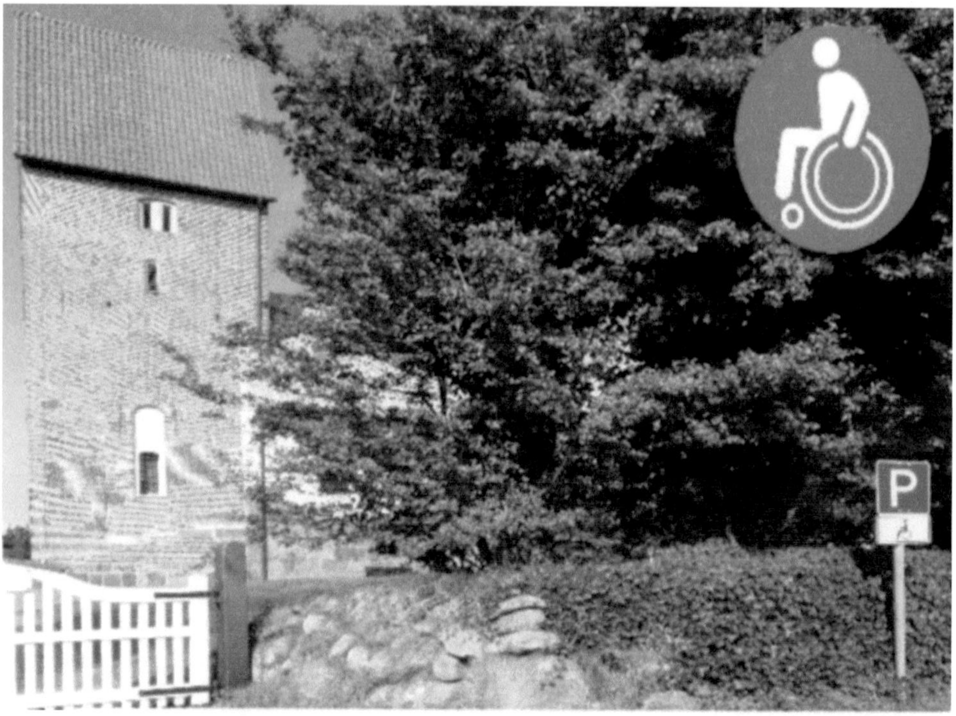
P

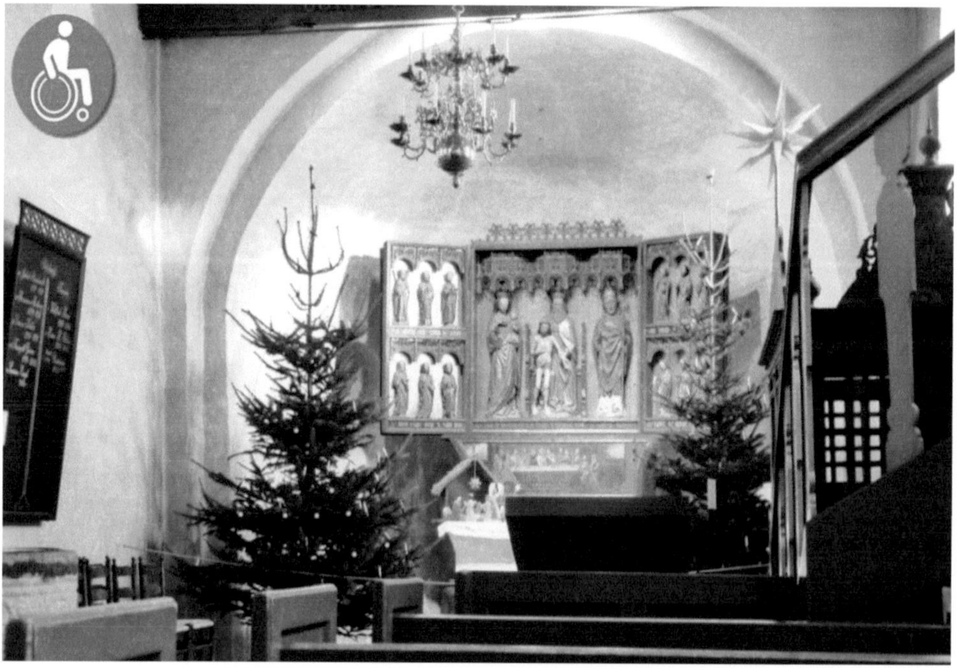

Wussten Sie das über die Insel Sylt?

Informationen über die Sylter Inselbahn

Unser Freund und Gastautor „Koli" ist noch mit der Sylter Inselbahn mitgefahren.

So erzählt er:

„Vom dänischen Hafen Hoyerschleuse aus trafen die Inselgäste im Hafen Munkmarsch auf Sylt ein. Um diese Gäste nach Westerland zu bringen, wurde die Ostbahn gebaut und ab 1888 eröffnet. Gäste, die über Helgoland nach Hörnum auf Sylt kamen, wurden ab 1902 von der Südbahn nach Westerland gebracht. Ab 1903 fuhr die Nordbahn von Westerland nach Kampen. 1908 ging es dann bis List. Als 1915 die Verbindung zwischen dem Südbahnhof und dem Nord/Ost-Bahnhof in Westerland fertiggestellt wurde, bestand nun eine Verbindung zwischen dem im Süden gelegene Hörnum und dem im Norden gelegene List. Der alte Südbahnhof lag etwa an der heutigen Käpt'n-Christiansen-Straße. Die Trasse in Westerland ist der heutige Bahnweg. Etwa zwischen dem Fernsehturm, der neuen Post und dem Rathaus war das Bahngelände mit Nord/Ost-Bahnhof und den Werkstätten.

1923 wurden beide Bahnhöfe geschlossen. Der neue Bahnhof ZOB wird in
Betrieb genommen (Zentraler Omnibus-Bahnhof). 1927 wird die Ostbahn
geschlossen, da der Hindenburgdamm die Überfahrt Hoyerschleuse nach
Munkmarsch überflüssig machte. Mit der Zeit wurden die Fahrten immer
unrentabler. Außerdem entsprachen die in den losen Sand gebauten
Schienen nicht mehr den Sicherheitsansprüchen.

Die Fahrten wurden von Bussen übernommen. Die letzte Fahrt der
Inselbahn fand im Dezember 1970 statt. Die Trasse der Inselbahn ist heute
zum größten Teil ein Wanderweg. Die Achsen erinnern am Bahnhof in
Westerland an die Sylt-Bahn."

Woher hat der FKK-Strand Abessinien seinen Namen?

Wer die Freikörperkultur liebt, der ist in Abessinien auf Sylt gut aufgehoben. 1,5 Kilometer ist der Weststrand bei List lang. Sie erreichen ihn, von Westerland kommend, in Richtung List auf der Listlandstraße fahrend, wenn Sie am Abzweig Richtung Weststrand abbiegen und auf die Beschilderung „Parkplatz Abessinien" achten.

Und woher kam der Name?

1935 lief bei einem Sturm der französische Frachter Adrar bei Buhne 31 auf Grund. Der Kapitän verweigerte das Betreten des Frachters. Damals plante Italien einen kriegerischen Angriff auf Abessinien, dem späteren Äthiopien. Man vermutete, dass der Frachter Waffen für Italien geladen haben könnte. Später stellte sich dies aber nicht heraus, aber der Name Abessinien blieb für diesen Strandabschnitt erhalten.

Was sind Badekarren?

Sylt hat ein heilendes Reizklima. Was bedeutet das? Die stärkste Brandung aller deutschen Meeresküsten gibt es auf Sylt. Die gewaltige Wucht der Wellen erzeugt ein Sprühregen aus Meeressalzen und Spurenelementen. Diese gesundheitsfördernde Wirkung wollte der Landvogt Werner van Levetzau Sylt-Gästen zugänglich machen und so stellte er 1885 erste Badekarren und Umkleidezelte auf.

Was ist Jöölboom?

Ein Jöölboom (Sylter Friesisch) ist eine Variante des Weihnachtsbaumes. Auf sylt wird er auch Sylter Friesenbaum genannt.

Der abgebildete Jöölboom ist von Annegret Matthiesen aus Niebüll. Sie stellt ihn in Handarbeit her.

Was ist das für ein Sender gegenüber der Sansibar?

Dieser Sender wurde 1963 von den USA errichtet (United States Coast Guard). Genannt Loran-Station Sylt. Die Station wurde errichtet, um zusammen mit anderen Stationen in Europa den Transportweg zwischen den USA und Europa zu sichern. Am 1.1.1995 wurde die Station an Deutschland übergeben. Koli trägt heute noch die Weste mit dem Button, schließlich war er dabei.

Um nicht nur von Navigationssystemen, wie GPS, abhängig zu sein, kamen viele europäischen Länder zusammen und richteten ein gemeinsames System ein, LORAN-C-SYSTEM. Es wird die genaue Position zur See, zu Land und in der Luft bestimmt.

Sültz-Bücher   *Eigentum Koli*

Die Straße der Höflichkeit:

„Die Inselbahn war bis 1935 die einzige Verbindung zwischen Rantum und Hörnum. Alle Lebensmittel, Post usw. wurden so nach Hörnum gebracht.

Danach erhielt Hörnum einen Anschluss an das Straßennetz. Diese Straße war Einspurig und bestand aus Betonplatten. Man kann sich das wie eine Fahrt über die alte Panzerstraße in List vorstellen.

Es gab nur alle 200 Meter Ausweichbuchten. Oft musste rückwärts zurückgesetzt werden. Nicht selten landete ein Fahrzeug auch im Sand und musste herausgeschleppt werden.

1961 wiesen dann hohe Stangen auf diese Ausweichbuchten hin. Die Fahrer nickten zum Dank oder winkten dem Wartenden zu. Daher der Name „Straße der Höflichkeit". Als 1970 die Inselbahn verschwand wurde die Strecke zweispurig ausgebaut."

Das alte Wappen der Gemeinde Sylt-Ost

„Entworfen von Hubertus Jesse.

Es zeigt einen Hering, die Sonne und 5 Sterne. In der oberen Hälfte ist das Wappen in Gold, unten in Blau. Die Sonne erinnert an die Sonnenaufgänge über dem Wattenmeer.

Die fünf Sterne stehen für die Teilgemeinden Keitum, Tinnum, Archsum, Morsum und Munkmarsch.

Der Hering wurde als Siegel von der Sylter Landvogtei bereits im 17. Jahrhundert geführt.

Alles ist in den alten friesischen Farben gehalten.

Das Wappen war bis Ende 2008 gültig, danach schlossen sich die Gemeinden Sylt-Ost und Rantum mit Westerland zu einer neuen Gemeinde zusammen."

Das Morsumer-Eisboot

„1996 wurde am Ortseingang ein Boot mit Besatzung aufgestellt. Es handelte sich dabei um das Eisboot, das bis 1923 im Winter die einzige Möglichkeit war, um Medikamente, Post und Lebensmittel vom Festland zu holen. Um Sylt herum war alles zugefroren. Die Besatzung paddelte zwischen den Eisschollen zum Festland. Oft musste das Boot übers Eis gezogen werden. 2016 wurde das alte marode Boot gegen ein neues ausgetauscht. Das Eisboot ist ein herrlicher Blickfang von Morsum."

Das Megalithgrab Harhoog

„Das Grab wurde zwischen 3000 v. Chr. und 2500 v. Chr. in der Kupfersteinzeit errichtet. Es lag zwischen Keitum und Tinnum auf einer Anhöhe. Für den Bau des Hindenburgdammes benötigte man viel Sand. Dabei wurde das Grab freigelegt. Als dann der Sylter-Flughafen erweitert wurde, wurde das Grab verlegt. Heute können wir das Grab am Watt in Keitum besichtigen."

Herzlichen Dank für Ihr Interesse!

Autorenteam Sültz auf Sylt